徳 間 文 庫

警視庁特務部逮捕特科
アレストマン

矢 月 秀 作

JN083491

徳 間 書 店

目次

逮捕特科メンバー

神原　逮捕特科を取りまとめるチーフ。
神原璃乃　神原の妹。格闘技に精通している。
風間悟志　背が高く端整な顔立ちの好青年。元組対四課で暴力団を相手にしていた。
遠藤匠　金メッシュを横髪に差した男。元刑事部捜査一課。
桃崎愛子　清楚な見た目とは裏腹に格闘技を使いこなす女性警察官。元広報部。
久保井純平　警察職員で設備課に在籍していた。
笹本智明　合気道を軸とした逮捕術に精通している。元サイバー犯罪対策課。
大森元　逮捕特科の長。神原は大森の部下。

プロローグ

中目黒にある二十四時間営業のフィットネスジムには、午前零時を過ぎてもなお人が集まり、それぞれが黙々と自身のトレーニングに集中していた。

あちこちで、金属音や有酸素運動の器具が稼働する音が響いている。

多くは男性だが、女性の姿も散見される。

その中でもひときわ目を引いていたのは、フリーウエイトエリアで、ベンチプレスをしている女性だった。

ほっそりとして、手足も長く、一見華奢《きゃしゃ》に見える。しかし、胸板は厚く、肩甲骨からバストを盛り上げ、腰に向けて逆三角形を描き、うっすらと腹筋も割れている。

下半身も、尻はキュッと上がって大きく、ハムストリングは膝裏にかけて美しく湾曲し、ふくらはぎも程よく締まっている。

見事としか言いようのないスタイルだった。

マスクをした小顔に覗《のぞ》く瞳は少し上がり目できりっとしている。長い黒髪はトレーニングの邪魔にならないよう、団子状に束ねられていた。

一セットを終え、女性がインクラインベンチに座って休んでいると、若い男性三人組がにやにやしながら近づいてきた。

「お姉さん、すごいね」

前髪の長い金髪の男が話しかける。他の二人が周りを囲む。

女性は相手を見もせず、呼吸を整えていた。

「その細い腕で、どうやったら七十キロのプレスできるの？　教えてくんない？」

坊主でタンクトップを着た男がにやにやしながら女性を見下ろす。

午後十時から翌午前十時までは、スタッフがいない。利用者の自己管理に任されている。が、何かあった場合、携帯できる緊急通報ボタンを押せば、すぐさま待機スタッフが駆けつけるシステムになっている。

しかし、女性は緊急通報ボタンは持っているものの、手に取る素振りも見せない。

通報されないとわかり、調子に乗って、小柄で細身の男が女性のベンチに勝手に腰を下ろした。

「お姉さんのトレーニングメニューとか、参考にさせてもらいたいからさ。このあと、ちよっと俺らと付き合わない？　近くにいい店があるんだよ」

男が誘いをかけていると、タイマーがピピッと鳴った。

「どいて」

隣に座っている男に言う。

「何？」

男はわざと聞こえないふりをして、顔を寄せた。

女性は立ち上がりざま、男の髪の毛をつかんだ。

「どけと言ってんだ、クソガキ」

頭皮ごと髪が抜けてしまいそうなほどねじり、睨《にら》みつける。

男は顔をしかめた。

坊主男が女性の左肩を摑《つか》む。

「おいこら、調子に乗ってんじゃねえぞ」

振り向かせようと引っ張る。が、体幹が強く、女性の上半身はまったく動かない。

坊主男が歯ぎしりをする。

「おいおい……」

金髪男が女性の正面に回った。髪の隙間から女性を睨みつける。

「ちょっと鍛えてるのかもしんねえけどさ。こんなことされて、俺らが黙ってると思ってんの？　俺ら、ここいらじゃ、ちょっと知られた――」

「チンピラってわけか？」

野太い声が響く。

男たちが声のした方に目をやった。

薄汚い辛子色のブルゾンを着て、ジーンズを穿《は》いた無精髭《ぶしょうひげ》の中年男性が金髪男を睨んでいた。

小柄だががっちりとした体格で、深夜なのにサングラスをかけている。サングラスで覆った左目尻には痣《あざ》のようなものがある。

伸びた頭髪に寝癖がついたままで、ぼさぼさだった。

「なんだ、てめえ」

金髪男が睨み返す。

「格好つけてんのか？　やっちまうぞ」

「それは俺を脅しているということか？」

「だとしたら？」

「脅迫罪成立だ」

男が言うなり、女性が動いた。

上体をひねって、坊主男の手を肩から振り払うと同時に、一歩大きく下がって、髪の毛をつかんだままベンチに引き倒す。

坊主男が女性をつかまえようと腕を伸ばす。

女性は空いた左手の親指と人差し指を半円状に広げ、坊主男の喉に喉輪を突き入れた。

坊主男は喉を押さえてよろけて後退し、台座に引っかかって真後ろに倒れた。後頭部をパワーラックの支柱にしたたかに打ちつけ、呻《うめ》く。

女性は倒した男の喉に、左手刀を叩き入れた。男は喉を押さえて咳《せ》き込み、ベンチから転がり落ちた。

「てめえ！」

金髪男が女性に迫ろうとする。

中年男がブルゾンの懐《ふところ》に右手を入れた。黒い塊を抜き出し、男の眉間に当てる。

金髪男が固まった。

銃だった。

みるみる蒼《あお》ざめる。

「あんたら、いったい……」

膝から震えが上がってくる。

中年男はもう一方の手でポケットから身分証を取り出した。はらりと広げ、男の顔の前に差し出す。

「警視庁の神原《かんばら》だ。今日はこれで許してやるが、次にこんなことしているところを見つけたら、ブタ箱にぶち込むか、鉛球《なまりだま》をここにぶち込まれるかだ」

金髪男の額に銃口をゴリッと押しつけ、銃と身分証をしまう。

「若気の至りはあるだろうが、取り返しのつかない領域にまでは踏み込むな。人生、ここからの方が長いんだから。わかったか？」

男たちを睥睨《へいげい》する。

金髪の男が首肯する。倒された男たちもうなずいて見せた。

「璃乃《りの》、行くぞ。仕事だ。五分で出てこい」

神原はそう声をかけ、一足先にジムを出る。璃乃と呼ばれた女性も自分が持ってきていた道具一式を取り、更衣室へ急いだ。

金髪男がへなへなとベンチに座り込む。坊主男と細身の男もふらふらと起き上がり、それぞれベンチに腰を下ろした。

そこに、スタッフトレーナーを着た屈強な中年男が近づいてきた。

「おまえら、命拾いしたな」

声をかけると、三人が顔を起こした。

「あいつら、なんなんだよ……」

金髪男が漏らす。

「おまえら、新顔だな。神原兄妹を知らないのか？」

「知らねえよ、そんなヤツら」

坊主男が吐き捨てる。

「だったら、覚えとけ。ここいらで、デカい面《つら》して粋《いき》がってると、いつか彼らに叩きのめされるぞ。二度と跳ねるな」

男が三人を睨む。

「ついでに、おまえら出禁で、強制退会な。ナンパ行為は禁止と、契約書にしっかり書いてあっただろうが。ここは真面目に自分と向き合う人たちが来る場所だ。その程度のルールも守れないヤツらにうちのジムは使わせない」

「あんたにそんな権限があるのか？」

細身の男が強がって睨む。

「誰に言ってんだ。俺はここの店長・町田《まちだ》一樹《かずき》だ。さっさと出ていけ」

町田が言うと、男たちは渋々立ち上がった。

「こんなとこ来なくても、ジムなんざいくらでもあるからな」

坊主男が負け惜しみを口にする。

「そりゃどうも。だが、一応、フィットネスジムにも横のつながりってのがあってな。おまえらの情報は、他のところにも流しとく。受け入れてくれるところがありゃいいな」

町田はにかっと笑って、三人を出入口まで連れていった。

外へ出す。三人が去ろうとする。

「あー、一つだけな」

町田が呼び止めた。三人が立ち止まって振り向く。

「反省して、自分に向き合いたいと本気で思った時は訪ねてこい。俺の裁量で復帰させてやる」

「誰が来るか！」

「潰れちまえ！」

「筋肉バカ！」

三人はそれぞれ悪たれて、去っていった。

「やれやれ……」

町田は腕組みをし、呆《あき》れ笑いを覗かせた。

と、ジムの角に停《と》めた車に目を向けた。歩み寄る。運転席のドアをノックすると、窓が開いた。

「おう」

「神原……」

神原が右手を上げてみせる。

「おう、じゃねえよ。ガキどもに説教するのはかまわないが、銃を抜くのは勘弁してくれ。うちの会員さんが減っちまう」

「みんな、慣れてるだろうよ」

「近頃、筋トレブームで、ご新規さんも多いんだ。璃乃ちゃんが来てくれているから、彼女に憧れる女性会員も増えていてな。いい感じなんだ。コロナの損失を取り戻せるチャンス、潰さんでくれ」

「だったら、もう少し、入会審査を厳しくしろ。あんなのを野放しにしといたら、いつかトラブルになるぞ」

「わかってる。もう少し、注意喚起を徹底するよ」

話していると、スキニージーンズを穿いて、ダウンジャケットに身を包んだ璃乃が、後ろで一つに束ねた髪の先を弾ませ、駆け寄ってきた。

「町田さん。今日はすみませんでした」

頭を下げる。

「いやいや、こっちこそすまなかったね。懲《こ》りずにまた、うちでトレーニングしてくれな」

「はい。ここはホームなんで」

璃乃はにっこり微笑《ほほえ》み、助手席に乗り込んだ。

「じゃあな」

神原は窓を上げ、車を出した。

「あれが兄妹とはなあ」

町田はふっと微笑み、ジムに戻った。

第１章

1

神原は東京メトロ丸ノ内線の新宿御苑前駅を出てすぐのところにある新宿一丁目南交差点あたりで、車を停めた。

路上に駐車し、璃乃とともに車を降りる。

南側には新宿御苑が広がっている。真夜中の新宿御苑はしんとしていて、厳《おごそ》かな静寂に包まれている。

緑の濃い自然の先に、超高層ビルの明かりが見える。相反する風景が並ぶが、そのアンバランスさも都会の美だった。

歩道には五人の男女が集まっていた。いずれも三十代前後の若者だ。女性は動きやすいパンツスーツ、男性はカジュアルスーツに身を包んでいる。

神原と璃乃は、彼らの立つ場所に近づいた。

と、背の高い男が会釈し、歩み寄ってきた。他の者たちも近づく。

「お疲れさんです」

挨拶に、神原はうなずき、他の者たちも見やる。

「状況は？」

誰ともなく訊《き》く。

と、右横の髪に少し金メッシュを差した男が口を開いた。

「松橋《まつはし》とその一味の連中はみな、揃《そろ》っていました。ＶＩＰルームで飲んだくれてます」

「出入口は？」

「店は五階ワンフロアで、エレベーターを降りてすぐ正面に出入口があります。エレベーターホールの西側に非常口がありますが、防火扉は荷物で塞がれていて使えません。店の奥は確認できませんでしたが、ビルの周囲を調べた限り、店内奥からの脱出路はないようです」

「駐車場は？」

「ありません。松橋の部下らしき若い男が、路上に黒塗りのＳＵＶを停めて、待機しています」

「店内の様子は？」

「観葉植物で仕切ったラウンジにボックス席が点在していて、スーツ姿の男性客がそこそこ入っています。そこにいるのは、一般客のようですね。女性同伴の客もいます。店内の真ん中にアイランド調の円形カウンターがあり、店内奥のミラーガラスの先にＶＩＰルームがあります。その手前のボックス席には松橋の部下が目視で八人。ＶＩＰルームには、松橋と側近他幹部が三人」

「全部で十二、三人か」

「店員の中にも仲間がいるでしょうから、ざっと二十人といったところですかね」

パンツスーツの女性が言う。

神原はうなずいた。

「ビル全体の状況は？」

訊くと、つなぎを着た作業員風の男が小さく右手を挙げた。

「五階建てビルの最上階フロアは、松橋らが出入りしているラウンジです。一階から三階まではオフィスが入っていて、今日はすでに終業し、閉めています。四階フロアには、三店舗入っていたのですが、コロナの影響でいずれも廃業し、空き店舗となっています」

「四階フロア全部か？」

「はい」

「なるほど……。屋上は？」

「隣のビルとの間は狭いものの、逃亡するとなると飛び越えるには少し距離があって、躊躇《ちゅうちょ》するかと。屋上から下に下りるには、非常階段だけですね」

「そうか、わかった。店内の見取り図は？」

部下を見やる。

ブルーのカジュアルスーツに身を包んだ童顔の男がタブレットを取り出した。

「これです」

表示して、神原に渡す。

神原は全体をじっと見ていた。

「風間《かざま》、遠藤《えんどう》、桃崎《ももさき》、璃乃」

名前を呼ぶ。

背の高い男と金メッシュの男、パンツスーツの女と璃乃が神原を見やった。

「おまえたちはカップルを装って、店内に潜入。中央の円形カウンターから左右に分かれて、ＶＩＰルームを急襲しろ。踏み込めるなら踏み込んで、松橋の身柄を確保しろ」

神原の指示に四人が首肯する。

「久保井《くぼい》」

「はい」

つなぎを着た作業員風の男が神原を見やる。

「おまえは、屋上で待機してろ。上ってくる連中で怪しいのが来たら、パクってかまわん」

久保井がうなずく。

「笹本《ささもと》」

神原は童顔の男に顔を向けた。

「おまえは四階フロアで待機。非常口付近で張ってろ。上から下りてきた者は拘束しろ」

「わかりました」

「俺はビルの外にいる。璃乃、電話をつないだまま、状況を逐一報告しろ」

神原が言うと、璃乃は小型のインカムを出して左耳に装着し、電話をブルートゥースでつないで、神原のスマホをコールした。

神原がつないだことを確認し、後ろで束ねていた髪をはらりと解いて下ろし、耳元を隠した。

「時計を合わせろ。十分後に開始する」

神原が腕を出す。他の者たちも腕を出して、時計の竜頭《りゅうず》に指を置く。

「三、二、一――」

カウントと同時に竜頭を押した。それぞれの時計のストップウォッチが動き始める。

「よし、やるぞ」

神原の合図で、それぞれが散った。

2

ＶＩＰルームのＬ字形のソファーの真ん中に松橋隆太《りゅうた》はいた。

両腕でタイトなミニワンピースを着た女を抱き、右手にはウイスキーのボトルを持って、女を抱き寄せ酒を飲んでいる。

少し伸びた坊主頭を金と赤のツートンカラーに染め、両眉毛を半分落として短くし、鼻にピアスをぶら下げている。

目は大きくぎょろりとしていて、クマドリしたように周囲が黒い。見られただけで竦《すく》み上がるほどの威圧感が滲《にじ》む。

松橋は、東南アジアから大量の合成麻薬を輸入して売り捌《さば》き、財を成した。

その金を元に仲間を集め、中国や南米から覚醒剤も仕入れ、組織を拡大した。

松橋グループの密輸は強引だった。

船や航空機を使って、とにかく大量に運ばせ、公海上に落として仲間に拾わせる。

当然、ミスも多く、仕入れるはずだった違法薬物の実に七割が警察当局に押収されている。

それでも、松橋が取引できるのは、成否を問わず、相手に金を払うからだ。その分、顧客にはレートより割高な違法薬物を売りつけている。

そうなれば、顧客も安い品を求めて購入相手を変えるのが普通だ。

が、そこが松橋の巧みなところだった。

顧客を囲い込み、逃げられないように脅しすかし、金を巻き上げた。

警察へ駆けこもうとした者は、容赦なく半殺しにした。

殺さなかったのだ。

恐怖を植え付けた顧客を世に放ち、口コミで自分らの恐ろしさを伝えた。

飛ぶ鳥を落とす勢いとはまさに松橋のことだった。が、もちろん、これまで薬物利権でしのいでいた他の組織はおもしろくない。

切り崩しが始まった。

格闘家崩れだった松橋の周りには、似たような者たちが集まっていた。街中でちょっとした小競り合いが起き始め、松橋の仲間がやられることもあれば、敵対する組織の者たちを半殺しにすることもあった。

刺客は松橋自身にも向けられた。

松橋は次々と返り討ちにしていたが、三カ月前の夜、池袋のはずれで乱闘となった時、うっかり相手を殴り殺してしまった。

抗争が殺人事件にまで発展したことで、警察も松橋グループ壊滅に本腰を入れて乗り出した。

松橋は海外に逃亡した。そして、海外から仲間に指示を送り、事業を続けていた。

だが、松橋がいないことを知ると、敵対組織はさらに攻勢に出た。複数の組織が徒党を組み、松橋グループのメンバーを潰し、顧客を奪い、薬物を奪い取った。

崩壊寸前という連絡を受け、松橋は急遽、秘密裏に帰国し、幹部と敵対組織に足を運んで、協業するよう話し合いを始めた。

相手方も、松橋グループと争って、自分たちまで警察にマークされるのはうまくない。

それに、松橋グループの密輸能力は魅力的でもある。

松橋は一つ、また一つと同業者との協力関係を築こうと、警察の目を逃れつつ奔走していた。

しかし、根城にしていた昔の女のマンションに踏み込まれた。

気配を察知し、ベランダの避難はしごを使って、いち早く階下へ移動し、なんとか逃げ果《おお》せた。

以来、話し合いの場に出ることもできず、調整は中断している。

「おい、国本《くにもと》」

松橋は右横の男に顔を向けた。

横と後ろの髪を刈り上げ、上の髪をドレッドにした長身の男だった。

「話し合いはどうなってる？」

「ぼちぼち進んでますけど、ボスが出ねえと最後はまとまらんですよ」

野太い声で言う。

「サツは？」

「ボスを捜しまわってますが、さすがにここはわからねえようです」

「ならいいがよ。そろそろ進めねえと、またクソどもが俺らのシマを荒し始める。おまえ、俺の名代でまとめてこい」

「ボス、そろそろ表に出てくれねえですか」

膝を松橋に向け、見やる。

「主要どころを集めて、ボスにいっぺんにまとめてもらったら済む話です。ささっとまとめて、そのあとすぐ、国外に出りゃあ、捕まることはありません。あとは、こっちでオレらが仕切りますし」

「てめえ、俺をサツにパクらせて、てめえがうちを仕切ろうとしてんじゃねえだろうな」

松橋が睨む。

「そんなわけねえでしょう。うちはボスの組織だ。ボスがいねえと、どうにもならねえ。だからこそ、ここ一番で出てほしいと頼んでるんでしょうが！」

国本の声が大きくなる。

周りにいた三人の幹部たちが顔をひきつらせた。松橋の顔も多少ひきつる。

「でけえ声出すんじゃねえ」

松橋が目を剝《む》く。

「すみません」

国本が頭を下げる。

「まあ、俺も言い過ぎた。手配しろ。二、三日でカタつける。高跳びルートも確保しておけ」

「わかりました」

「今日は飲もうぜ。な」

松橋がボトルを掲げる。

国本や他の男たちもボトルを頭上に上げた。

3

璃乃たちは五階のラウンジに上がった。

エレベーターを降りるとホールがあり、すぐ目の前に黒い扉がある。扉には、金色の文字で〈ｔｒａｎｃｅ〉と、筆記体で店名が入れられていた。

背の高い風間とショートカットで清楚風な桃崎愛子《あいこ》がカップルになった。金メッシュを横髪に差した遠藤が璃乃とカップルを装い、風間たちの後ろに立つ。

風間はジャケットの内ポケットからカードキーを出し、カードリーダーにかざした。

取っ手のない黒扉が左右にスッと開く。

カードは会員に与えられたもので、正式な会員であればいつでも、ラウンジを利用できる。その選民感と秘匿感が好評で、三十代のエグゼクティブ層にも人気がある。

四人は連なって入り、風間と愛子は円形カウンターを右から、遠藤と璃乃は左から回り込んだ。ＶＩＰルームのミラーガラス前のボックス席に陣取る松橋グループの男たちに歩み寄る。

二つのボックス席にそれぞれ四人、女性も付けず、男たちだけで固まって飲んでいる。

カウンターの中にいる黒服がちらっと風間たちを見るが、席を探している客に映るようで、あまり気にする様子はない。

風間たちはＶＩＰルームに向かって右、璃乃たちは左の席の前に立った。

松橋グループの男たちが会話をやめ、四人を睨み上げた。

「なんだ、おまえら」

一人の男が風間を睨みながら言う。

「いい女だなあ」

Ｔシャツ男が璃乃を見てにやつき、舌なめずりをした。

「なあ、席譲ってくんない？」

遠藤がＴシャツ男に言う。

「何言ってんだ、クソガキ」

Tシャツ男が眉間に皺《しわ》を立てる。

遠藤は涼しい顔で微笑み、続ける。

「どうしてもダメかなあ」

「バカか、おまえ。女はこっちにこい」

Tシャツ男は、璃乃に手を伸ばした。璃乃の左手首を握り、引っ張る。

璃乃は前屈《かが》みになった。Tシャツ男は璃乃がよろけて倒れてくるものと思い、にやついた。

璃乃は左足を少し踏み出した。上体を止め、男の手首を握り返す。そして、男の腕を引くと同時に、右の膝頭を突き出した。

Tシャツ男の顔面に膝がめり込んだ。

そのまま膝を振り抜く。

半切りになっている二人掛けソファーの片側が、Tシャツ男と共に倒れる。

Tシャツ男は鼻腔《びこう》から血をまき散らし、ソファーと共に倒れ、転がった。

璃乃は右脚を下ろすと同時に、あっけに取られている隣の男の後頭部に、左回し蹴りを放った。

延髄に璃乃の左足の甲が食い込む。前のめりになった男はテーブルの天板を滑り、ボトルやグラスを弾《はじ》き飛ばした。

「なんだ、てめえら！」

テーブルの向かいの席に座っていた男二人が立ち上がる。

璃乃の脇から体勢を低くした遠藤が飛び出した。顎先に両拳を構え、手前の男の懐に入るなり伸び上がって、右アッパーを突き上げた。

拳が男の顎下を捉えた。腕を伸ばしきると同時に男の体が浮き上がり、右側のボックスシートに背中から落ちた。

背中合わせに座っていた男たちがあわてて立ち上がる。

風間はやられた仲間に気を取られている男二人の間に立った。そして、右の手のひらを左の男に叩き込み、ねじった体を戻すと同時に右側にいた男の顎にも左掌底を打ち込んだ。

一瞬のことだった。顎を打たれた二人の男は、両膝からその場に崩れ落ちた。

二人の男がテーブルを飛び越え、風間を襲おうとした。

愛子は手前の男の足を払った。男は足をすくわれ、前のめりに倒れ、頭からテーブルに突っ込んで天板を砕いた。

けたたましい音と共に、グラスが砕け、飛び散る。

近くで悲鳴が上がった。客が異常事態に気づき、我先にと出入口に向かう。

風間と遠藤は、左右のボックス席に残った二人の男にストレートを浴びせ、一撃で倒した。

カウンターから黒服が数人出てきた。

璃乃は、脚の長いカウンターチェアーの支柱を握った。背筋がシャツの下でもわかるほど盛り上がる。

璃乃はハンマー投げのようにぐるぐると回転した。高速で襲ってくる椅子に怯《ひる》み、黒服が足を止める。

璃乃の目が、ミラーガラスに向いた。

「行くよ！」

声を上げた瞬間、支柱を離した。

回転するカウンターチェアーがミラーガラスにぶち当たった。

ガラスが一瞬にして砕け、ＶＩＰルームがあらわになった。

その奥に、坊主頭を赤金に染めた男を認めた。

「松橋発見！」

璃乃の声とともに、四人は一斉にＶＩＰルームへ駆け込んだ。

4

「なんだ！」

松橋と国本は、突然砕け散ったガラス片を避けるように両腕で顔を覆った。

そのあと飛び込んできた椅子が、松橋たちの前にあるテーブルに落ちた。テーブルがひっくり返り、ボトルやグラスが砕ける。

松橋は女を盾にし、自分はソファーに飛び上がった。

「なんなんだ！」

国本が砕けたガラス壁の向こうを見た。

四人の男女が一斉に飛び込んでくる。

「なんだ、てめえら！」

周りにいた幹部三人も国本の脇に駆け寄り、侵入を防ごうと身構えた。

しかし、璃乃たちの方が速い。

風間は一番右の男にススッと摺《す》り足で近づくと、掌底でワンツーを繰り出した。真正面から掌底を喰らった男が後方に大きく飛び、背中からフロアに落ちる。

愛子は目の前の男に右ミドルキックを放った。男は左膝を上げ、左肘を落とし、左側面を守ろうとした。頭部のガードが開く。

愛子の右脚の膝から下が軌道を変え、振り上がった。ミドルがいきなりハイキックに変わる。

男は対処できなかった。

愛子の脛《すね》が男の左こめかみを捉えた。当たった瞬間、男の腕と脚が脱力し、だらりと下がった。

愛子は脚を振り抜いた。踏ん張りを失った男の体が真横に倒れ、フロアに叩きつけられた。

遠藤に向かって来た男は手にボトルを持っていた。右腕を振り上げ、遠藤の頭を狙う。

遠藤は男の懐に踏み込んで、振り下ろしてきた男の腕を頭上で受けた。瞬間、右脚を回しながら外側に半回転する。

男の前から、遠藤の姿が消えた。

遠藤は男の腕を自分の腕に滑らせて、下ろした。男の上半身が前のめりになる。

男の右肘を左手で押さえ、そのまま正座するように両膝を落とす。男の右肘に、遠藤の体重がのしかかる。

男の上体が一気に傾いた。顔からフロアに突っ込む。顔面をしたたかに打ちつけた男は、口から血を吐き、呻いた。

遠藤は男の両腕を取って、背中に回した。上着の横ポケットから結束バンドのようなものを取り出す。両手親指をくっつけ、付け根に巻き付け、輪っかを締めた。男は腕を離そうとしたが、もがくだけだった。

「なんだ、こいつら……。同業じゃねえな」

遠藤の所作を横目で見て、国本がつぶやく。

「ボス！　逃げろ！」

国本が声を張った。同時に、近くにあったソファーを持ち上げ、璃乃に向け、投げた。

璃乃は左横に飛んでかわした。

目の前に国本が現われる。奥から、松橋が、壊れたガラス壁の方へ走って来た。

同時に、フロアから黒服や潜伏していた松橋の仲間がＶＩＰルームへ駆け込んできた。

風間と愛子が、入ってくる松橋の仲間たちと交戦する。ＶＩＰルームが混沌としてきた。

璃乃は国本に強烈なローキックを放った。国本は右脚を上げ、脛で璃乃のローキックを受け止める。そのままハイキックを放ってきた。

璃乃は国本の懐に飛び込もうとした。しかし、国本の蹴りは速い。

両腕をクロスして、頭の左側面に立てる。

国本の蹴りが腕にヒットし、璃乃の上体がぐらついた。

国本は璃乃の首の後ろに両手をかけた。二の腕で首筋を締め付けて引き寄せ、膝を突き上げようとする。

璃乃の様子を目にした遠藤が、国本の脇腹に足刀蹴りを入れた。

片足が浮いていた国本の上体が揺れた。

璃乃はすかさず、国本の首に手を回して、左に引っ張りながら体を回転させた。

国本のバランスが崩れ、手が離れる。その隙に、国本の腕からするりと抜け出した。

首を二、三度傾け、再び、国本を睨んで拳を構える。

「璃乃、松橋を追え！　ここは任せろ！」

遠藤が声を張る。

璃乃は振り返ると、砕けたガラス壁の方へ走った。

国本が追おうとする。その前に、遠藤が躍り出た。

「おまえの相手は俺だ」

遠藤は国本を見据えて、拳を固めた。

璃乃は目の前の男たちを飛び越え、松橋の背中を追った。

松橋は客を押しのけ、エレベーターに乗り込んだ。

「松橋逃走。エレベーターに乗り込みました！」

インカムに向かって報告をする。

5

「了解。おまえはそのまま松橋を追え」

神原はもう一台のスマホを出して、屋上にいる久保井に連絡を入れた。久保井はワンコールで電話に出た。

「こちら、神原。屋上の状況は？」

——誰も来ません。こっちからの逃走はなさそうですね。

「では、五階フロアに行って、風間たちに加勢をしろ」

——了解！

電話が切れる。

今度は、笹本に連絡を入れた。こちらもワンコールで電話がつながった。

「神原だ。四階のフロアはどうなっている？」

——フロアには誰も入ってきていません。非常階段の方が賑《にぎ》やかですね。五階の客が塞がれたドアをこじ開けて、下りてきているようです。

「五階からの抜け道はなさそうか？」

——そうみたいですね。上階フロアからの穴があるかと思いましたが、天井から下りてくる経路はなさそうです。

「わかった。おまえは非常階段に出て、一階まで下りて、下で待機していろ」

——ラジャー。

通信が切れた。

「素直に下りてきそうだな」

ビルの陰に隠れていた神原は、スマホをブルゾンのポケットにしまい、黒いＳＵＶに近づいた。

運転席に、スカジャンを着た金髪の男がいて、スマホをいじっていた。

神原は車の周りを回って、車をじろじろと見た。一周すると、男は神原に気づき、窓を開けた。

「こら、おっさん。何やってんだ」

「いやあ、いい車だと思ってねえ」

笑顔を見せ、運転席に近づいていく。

ボディーを指でコンコンと叩く。

「こりゃ、装甲が分厚い。特別仕様車だね」

「何やってんだ。どっか行け」

「いくらくらいするのかねえ、こんな車」

ガラスをベタベタと触る。手の脂がついて、ガラスが曇る。

「いい加減にしろよ、おっさん!」

運転手が出てきた。

前屈みになる。

神原はいきなり、爪先《つまさき》を運転手の鳩尾《みぞおち》に蹴り込んだ。

不意をつかれ、緩んでいた胸元にまともに爪先をくらった運転手は、胸下を押さえて息を詰め、両膝を落とした。

神原は髪の毛をつかんだ。頭が持ち上がる。

「すまんな。少し寝といてくれ」

左の首筋に手刀を叩き込んだ。

血流が一瞬途切れ、運転手は意識を失った。

神原は運転手を運転席に戻した。ポケットから結束用のプラスチックカフを出し、両手首を縛り、それをハンドルに結びつけた。

頭をヘッドレストに預けて、少しシートを倒し、固定させる。運転手はハンドルを握って待っているように見えた。

「さてと。ゆっくり待たせてもらうか」

神原は後部シート、運転手の後ろの席に乗り込んだ。

6

国本はパンチと蹴りを遠藤に浴びせた。

遠藤は巧みなステップワークを使い、かわしている。

「ちょろちょろとめんどくせえヤツだな。まともに打ち合えねえのか」

国本が挑発する。

遠藤はふっと息を吐いて、構えを解いた。首や肩を回して、ゆっくりと国本を見やる。

「打ち合うも何も、おまえ、遅えよ」

「なんだと？」

「打ち合うまでもねえから、避《よ》けてるだけだ。一発も当たってねえだろ？」

自分の頬を指でつついて、にやりとする。

国本は真っ赤になって目を吊り上げた。

「てめえ……殺してやる！」

「おまえの蹴りじゃ、虫一匹殺せねえよ」

遠藤はもう一度笑って見せた。

国本は歯嚙《はが》みすると、遠藤に突進してきた。乱暴に腕を振り回し、蹴りを放つ。怒りで動きが雑になっていた。

これを狙っていた。

国本は大柄なわりに、動きが速かった。ガードも堅く、なかなか隙が見いだせない。かわしてはいたが紙一重で、ポイント一秒タイミングがずれれば、強烈な打撃をくらいそうだった。

しかし、怒り心頭の国本は、動きが崩れていた。遠藤を追いながら腕を振り回しすぎて、上半身と下半身のバランスが乱れ、前のめりになっている。

その状態で国本が右のハイキックを放ってきた。爪先立ちで威力のない蹴りだ。

遠藤は国本の懐に飛び込んだ。両前腕を立て、太腿の内側を受け止める。そのまま国本に背中を向けると同時に、太腿の外側に右腕を回した。

国本の股間に肩を入れ、伸び上がると同時に上体を前に倒す。足を持った一本背負いだった。

国本の体が浮き上がった。左膝で遠藤の脇腹を蹴る。が、それも威力はない。

国本は遠藤の髪の毛をつかみ、右腕を振り下ろした。遠藤の顔面を殴ろうとする。その動きで、国本の上体が大きく前に傾く。

遠藤は重心の流れを感じ取り、顎を引き、腰を思いっきり曲げた。

遠藤の足が浮き上がった。国本が頭からフロアに落ちていく。国本の拳が遠藤の額に当たった。同時に、国本の顔面はフロアに叩きつけられた。

遠藤は足を離して、後ずさりをした。

国本の体は首を支点にして、地面に刺さった矢のように立っていた。やがてぐらりと傾き、うつぶせに沈む。

「危なかったな……」

遠藤はポケットから大きめのプラスチックカフを二本出し、国本の両手首を背中側で縛り、足首も拘束した。

あぐらをかき、状況を見つめる。風間や愛子は、わらわらと湧いた松橋の仲間のほとんどを倒していた。

店内に目を向けると、屋上から久保井も下りてきていて、松橋の仲間をねじ伏せていた。

遠藤は倒れた男たちを次々とプラスチックカフで拘束していった。

作業をしている間に、他の三人がすべての相手を制していた。遠藤と同じく、プラスチックカフで相手を動けなくし、四人は店内のアイランドカウンターに集まった。

「お疲れさん」

風間が言う。

「多かったなあ」

遠藤はぐるりと店内を見回した。三十人近くの敵がフロアに転がっていた。

「もっとしっかり内偵しなきゃですね。すみません」

遠藤と共に内偵に入った愛子が頭を下げる。

「悪どもを倍の数パクれたんだ。結果オーライだよ」

久保井が笑う。

「で、松橋は？」

久保井はフロアを見渡した。

「逃げた。璃乃が追ってる」

遠藤が答える。

「下に行けば、チーフもいるしな」

風間が言った。

「あーあ、ここで捕まったほうが幸せだったろうよ、松橋も」

久保井が大笑いする。他の三人も笑った。

「松橋はチーフに任せて、ここを片づけてしまおう」

風間が言うと、全員が動き始めた。

7

松橋が乗ったエレベーターが一階に到着した。

「おら、どけ！」

松橋は他の乗客を突き飛ばして、玄関から飛び出した。

黒いＳＵＶに向かって一目散に走る。後部座席のドアを開け、飛び乗った。

「出せ！」

怒鳴り声が響く。

しかし、運転手は微動だにしない。

「何やってんだ！　急げ！」

運転手の肩をつかむ。

ヘッドレストにのった運転手の頭がぐらりと傾いた。

右のこめかみに硬く冷たいものが押し付けられた。

黒目だけを動かし、右横を見る。銃が見えた。松橋の顔が引きつる。

「なんだ、てめえ。どこから入ってきた？」

「ずっとここにいたぞ。気づかないほど、焦っていたのか？」

こめかみをごりっと銃口で捏《こ》ねる。

「撃たねえよな？」

「おまえ次第だ」

神原はもう片方の手で、身分証を取り出した。開いて松橋の前に差し出す。

「警視庁逮捕特科の神原だ」

名乗って、腕時計を見る。

「二十三時五十八分、おまえを逮捕する」

手首を握る。

松橋は振り払った。

「逮捕特科だ？　そんなの聞いたことねえ」

「新設部署だ」

「令状は？」

「俺たちには必要ない」

「てめえ、ホントにデカか？　薄汚ねえ格好してるしよ」

「すぐにわかる。面倒をかけるな。両手を出せ」

銃口を押しつける。

両手を前に出した。

「わかったよ……」

瞬間、松橋は頭を引っ込め、右腕を振り上げ、神原の腕を弾き上げた。

銃声が轟《とどろ》き、弾丸が天井を突き破る。

店から逃げだし、路上にあふれていた客が驚いて身を竦め、屈んだ。

松橋は神原を平手で突き、ドアを開けて飛び出した。路上で転がり、立ち上がる。

すぐさま、近くに屈んでいた女性の背後に回り、右腕で首を絞め、立たせた。

女性はもがくが、松橋はびくともしない。

神原が車を降りる。松橋は、女性を盾にした。

「撃ってみろ。この女も死ぬぜ」

女性の後頭部の陰から少しだけ顔を覗かせ、にやりとする。

「この女の首をへし折るぞ」

「やめとけ。逃げ場はない」

「銃を置け！」

松橋が怒鳴って、女性の首を絞める。女性の顔が赤く膨れる。

「わかったわかった」

神原は手に持った銃を足下に置いて、両手を上げた。

「俺が逃げ切るまで、そこを動くな。少しでも追ってきやがったら、女も道連れだ」

松橋は神原を睨みながら、ずるずると女性を引きずって後退する。

神原は静かに松橋を見つめていた。

松橋の顔に余裕が浮かんだ。

と、後ろから声がかかった。

「ねえ」

女の声だった。

松橋は立ち止まり、顔を回した。

そこに、影が迫った。爪先が鼻頭にめり込んだ。松橋がよろけた。腕が緩み、女性が放り出される。

「璃乃！」

神原は銃を拾い、璃乃に放った。そして、倒れた女性に駆け寄る。

璃乃は宙で銃を受け取ると同時に、松橋の膝裏に蹴りを入れた。松橋の両膝が折れ、すとんと落ちる。

素早く銃を握った璃乃は、松橋の眉間に銃口を向けた。

「ぶち殺すぞ、チンピラ！」

ドスの利いた声で吠える。

松橋は鼻から血を垂れ流し、両手を上げた。

「すまなかったね。もう大丈夫」

神原は女性に微笑みかけ、松橋に近づいた。

上げた両手を背中にねじり下ろし、プラスチックカフできつく縛り上げた。

スマートフォンが鳴った。松橋の後ろに立ち、電話に出る。

——風間です。店内の松橋グループの者たちを全員拘束しました。約三十名です。

「わかった」

神原は電話を切ると、別の場所に電話した。

「……あー、神原です。松橋とその一味を押さえました。人数が多いんで、護送車を回してください。よろしく」

「てめえ、マジでデカだったのか……」

「だから言ったろ。新設部署だって。おまえらみたいに往生際悪く逃げ回る連中がいるから、逮捕専門の部署なんてのができちまうんだ」

神原は言い、璃乃に右手を差し出した。

「璃乃、もういいぞ」

璃乃は松橋を睨みつけたまま、銃を神原に戻した。

「笹本を呼んで来い。任務終了だ」

神原が言うと、璃乃はもう一度松橋を睨み、非常階段の方へ走っていった。

神原は璃乃を見送り、屈んだ。

「おまえ、一発で沈んで、命拾いしたな」

「沈んでねえよ」

「おまえがあの蹴りを避けてたら、璃乃はもっと本気を出していた。あいつが本気を出したら、俺にも止められねえ。撃ち殺しただろうな。ドン！」

頭を握ると、松橋は跳ね上がるほど竦み上がった。

「シャバに出たら、二度と悪さするんじゃねえぞ。俺たちは一度的にかけたら、地の果てまで追っていく。屍《しかばね》にもワッパかけるから、こっちに戻る気ならその覚悟でやれ」

ツートンカラーの坊主頭をべしっと叩いて、立ち上がった。

まもなく、サイレンの音が聞こえてきた。

笹本と璃乃が戻ってくる。

「お疲れさん。こいつら引き渡したら、解散だ。笹本、あとは頼む」

そう言って、背中を向ける。

「どこへ行くんですか？」

「書類は苦手なんでな。一杯ひっかけて帰るよ。おっさんは疲れた」

神原はポケットに手を突っ込み、右手を上げて、夜の街へ消えていった。

8

翌日、神原は昼前に登庁した。

「お疲れさんです」

全員が部屋に顔を揃えていた。疲れ切った顔で、目の下にクマを作っている者もいる。

「徹夜だったか？」

風間を見る。

「人数が多かったんで、聴取を手伝わされまして」

「それは部署に任せろと言っただろう」

「そうなんですけど、部長がうるさくて……」

話していると、ドアが開いた。

角刈りのように胡麻塩頭を短く刈り込んだ大柄の男性が入ってきた。

「神原、遅いぞ！」

太い声が響く。

「部長こそ、なんでうちの者に聴取をさせるんですか」

神原はサングラスの奥から睨み返した。

「人手が足りなかったんだ。ちょっと来い」

顔を振って、奥の小会議室に促す。

「おまえら、帰って寝ていいぞ。しっかり休息を取っておかないと、仕事に差し支える。

かまいませんね、部長！」

「ああ、みんな、ご苦労さん」

部長が言うと、全員帰り支度を始めた。

部長が小会議室へ向かう。神原も行こうとすると、璃乃が声をかけてきた。

「兄さん、お昼はどうする？」

「適当に食って帰る」

「わかった。愛ちゃん、ごはん食べて帰ろうか」

璃乃が愛子に声をかけた。

「そうだね。いいブッフェ知ってるから、行こう」

愛子がバッグを肩にかける。

「オレも付き合おうかな」

久保井がにやにやする。

「女子会だから、お邪魔よ」

璃乃はにべもなく突っぱねた。

「つれないなあ。じゃあ、お疲れさんです！」

久保井はバッグを腕に抱え、一足先に部屋を出た。他の者もぞろぞろと部屋を出て行く。

部下を見送りつつ、小会議室に入った。

左の長机中央付近に部長が座っていた。神原は対面の右長机真ん中あたりのパイプ椅子に腰かけた。

「まず、昨日はお疲れさん。なんだが」

「さっそく、お小言ですか？」

「サングラスを取れ」

部長が言う。

神原はサングラスを取って、テーブルに置いた。左額の生え際あたりから目尻にかけて、大きなケロイドがある。左瞼《ひだりまぶた》が落ち、右目に比べ左目は半分くらいしか開いていなかった。

部長が少し顔を曇らせる。

部長の大森元《おおもりげん》は、かつて組織犯罪対策課の課長で、神原は大森の部下だった。

七年前、大森はある自動車窃盗団の検挙に踏み切った。その先陣を神原に任せた。

内偵は完璧《かんぺき》なはずだった。

しかし、想定より人数が多く、内部の間取りも違っていた。

現場は混沌とした状況になり、修羅場と化した。

神原は主犯を追って、建屋内を奥へと潜っていった。

その時、顔の左側に硫酸を浴びた。

神原は顔面の左側がただれながらも、主犯を追い詰め、逮捕した。

すべてが片づき、神原は病院に運ばれたが、損傷はひどく、左顔面上部に大きな傷跡を残すことになった。左目の視力も右目の半分にまで落ちている。

神原は気にしていなかったが、当時の責任者である大森は、部下に大きな傷を負わせたことに忸怩《じくじ》たる思いがあるようだった。

その一件が、逮捕専門の部署を設けるきっかけともなった。

捜査員は日々、一人が十数件の事案を抱えている。大小さまざまな事案の捜査に翻弄され、犯人検挙時、人員が足りないこともある。

神原の負傷も、もう少し人数をかけていれば、避けられたかもしれない。

大森が中心となって設立に奔走していたが、各部署の抵抗も強かった。

逮捕は捜査の一区切り。それまで各事案を担当してきた警察官にとっては、自分の手でカタを付けたいという思いが強いのも当然だ。

が、新型コロナウイルスの蔓延《まんえん》が状況を変えた。

感染者は自宅待機を余儀なくされ、警察の人員がたちまち不足したのだ。

大森はここぞとばかりに、逮捕専門の部署の設立を推した。

そして、昨年末、試用期間ということで大森を部長とする〈警視庁特務部逮捕特科〉が始動した。

この取り組みがうまく機能すれば、正式な部署に昇格する。

大森は人選を神原に任せた。

神原は全職員の中から選りすぐりの六人を集め、自分も含めた七人でスタートすることを決めた。

だが、まだ取り決めやら、逮捕時の手法やら、何かと問題も多い。大森も神原も、手探りで部署の在り方を確立しているところだった。

「さてと、昨日の件だが。予想を上回る松橋グループのメンバーを検挙できたことは喜ばしい。特に、国内で松橋の右腕となって動いていた国本の検挙は大きい。松橋グループもこれで壊滅するだろう」

「そうでしょうね。仮に再生しても、うちに目をつけられている相手との取引は敬遠するでしょう」

神原が言う。

「松橋を検挙できたのも上出来だ。しかし、一般人が大勢いるところで銃を抜いたのはどうだったか。また、一般客のいる場所で乱闘を起こしたのはどうか。店から逃げだした客の数名がケガをしている。銃を見た女性の中には、精神的ショックを受けている者もいる。もう少し、やり方はなかったか？」

大森は神原を見やった。

「まず、店内での乱闘ですが、松橋たちに隙を与えないためには、急襲するよりほかはありませんでした。客を事前に逃がせば、その動きを察知され、逃げられていたでしょう。銃も抜きはしましたが、一般人の前で使うつもりはありませんでした」

「銃声がしたとの証言があるぞ」

「暴発です。車の中で松橋が暴れた拍子に発砲してしまいました。天井を撃ち抜いたので、流れ弾にはなっていなかったでしょう」

「それでも危険はあった」

「そうですが、あの時、銃で動きを止めていなければ、松橋が一般人を巻き込んで暴れる可能性もありました。そうなれば、被害は想定以上に出ていたでしょう。俺らが相手にしているのは非道な人間です。一般の感覚で動いたり躊躇したりすれば、やられる」

眉間に皺を立てる。左顔面の傷が動く。

大森が少しうつむいた。

「まあ、使わないに越したことはない。一考してくれ」

「考えますが、使わないとは断言できません」

神原が返す。

大森は一つ息をついて、顔を上げた。

「まあ、頭には置いといてくれ。で、次の案件だが、貴金属強盗団の検挙だ」

大森は話を変えた。

「都内で連続している例の事案ですか？」

神原が訊《たず》ねる。

大森がうなずいた。

ここ数カ月、都内の質店や宝石店、貴金属を扱っている店が襲われるという事案が多発していた。

犯人グループは店に車で突っ込み、目に映る貴金属を根こそぎ奪っていくという荒っぽい手口で犯行を繰り返している。

犯行に使用された車は盗難車ばかりだ。

犯人に偶然出くわしてしまった従業員は暴行を受け、全治二カ月の大ケガを負った。

その従業員の話から、犯人グループは四人、年齢は三十代から五十代の男性だと判明している。

片言の日本語を使っている者もいたことから、外国人グループか、もしくは外国人メンバーがいるのではと目されている。

警視庁は特捜本部を設け、あらゆる角度から捜査を進めていた。

「グループの全容が解明したということですか？」

「いや、吉祥寺の事案の犯人グループがわかったということだけだ。全体像はまだわかっていない」

「そこで、うちに、ということですか」

神原が言う。

犯人グループが、負傷した従業員の証言通り、四人だけということであれば、担当部署の警察官が検挙に向かえばいい。

だが、規模と頻度から考えると、犯人グループが四人以上いるということも考えられる。

万が一、大人数のグループであれば、取り逃がす恐れもあるだろうし、逆に検挙に向かった警察官が襲われることも考えられる。

そういう事態を防ぐために、神原たちの部署がある。

「捜査資料をすべて回していただけますか。明日から、動きますんで」

「すぐに手配する」

「いつ、着手しますか?」

「一週間後あたりとみているが、そこは現場の判断に任せる」

「わかりました」

神原は強く首肯した。

第2章

1

〝京王井《けいおうい》の頭《かしら》線西永福《にしえいふく》駅から五分ほど北東へ歩いた井ノ頭通り沿いにある〟

橋本信雄《はしもとのぶお》はそう聞かされて、現地まで来たが、それらしいものは見当たらない。

橋本が探していたのは、質屋だった。

が、それらしき看板もなければ、店舗のような構えの間口もない。ただ、マンションやオフィスビルが通り沿いに並んでいるだけだ。

店舗もあるが、輸入車販売代理店や飲食店ばかりで、質屋のようなものはまったく目につかなかった。

「おかしいなあ……」

スポーツバッグを胸元に抱え、うろうろする。同じ場所を行ったり来たりしていると、輸入車販売代理店の従業員が訝《いぶか》し気に橋本を見ていることに気づいた。

橋本はバッグを両腕でぎゅっと抱き、背を丸めて顔を隠し、その場を離れた。

「困ったな……」

このまま帰るわけにはいかない。

このバッグの中身を換金しないことには、戻るに戻れない。

ちらちらと通り沿いの建物を見ていると、いきなり脇のビルのサッシドアが開いた。

びくっとして立ち止まり、出てきた男に目を向ける。

みすぼらしい形《なり》をした痩せぎすの男だ。顔色は悪く、頬もこけているが、目だけは見開き、周囲を警戒するように見回している。

ドアの向こうが見える。狭いスペースにパイプ椅子がぽつんと置かれていて、その前にカウンターがある。カウンターにはアクリル板の仕切りがあり、下の方が小さく半円形に切り取られていた。

ここは――。

見ていると、男と目が合った。男は橋本を睨んだが、すぐに目を伏せ、そそくさと足早に立ち去って行った。

「ひょっとして……」

橋本は恐る恐るサッシドアを開けてみた。

アクリル板の奥は畳敷きの小上がりになっていて、白髪の老女が座っていた。虫の居所でも悪いのか、口角を下げ、ぶすっとした顔で、カウンターに接した台に肘をつき、お茶を啜《すす》っている。

老女は橋本に顔を向け、べっ甲柄の眼鏡を指で持ち上げた。

「なんだい？」

橋本を睨む。

「あ、ええと……」

橋本はポケットからメモを出した。

手のひらサイズの白い紙の真ん中に黒い丸が描かれている。それを半円形の窓から差し出す。

「番号は？」

「５０１００４２３」

橋本が言うと、老女は台の下から帳簿を取り出し、眼鏡のつるを持ち上げながら、親指を舐《な》めて一枚一枚めくり、確認する。

「吉祥寺の品だね？」

訊かれる。

「違います。墨田の品です」

橋本は答えた。これが暗号だった。

老女は帳簿を閉じ、アクリル板の右端の窓を開いた。

「渡しな」

スポーツバッグを目で指す。

橋本はバッグをカウンターに置いた。

老女はバッグをひったくると、すぐに窓を閉じ、ロックをかけた。

足元にバッグを置き、中身を出す。ネックレスを取ると、眼鏡を外してルーペを右目に挟み、装飾品を細かく見回した。指輪や時計なども同じように細部まで検品する。

いくつかの品をチェックすると、老女は台の小引き出しを開けた。中から帯封の付いた札束を取り出し、一つ二つと置いていく。

一つ百万円の束を二十束、半円形の窓から差し出した。

橋本は携帯用の濃い迷彩柄のエコバッグを出し、札束を詰めていく。

「確かめなくていいのかい？」

老女が言う。

橋本はあわてて、札束をぺらぺらとめくった。すべて一万円札だ。新品のものもあれば、使い込まれた古い札もある。

「大丈夫です」

橋本は答え、笑顔を作る。

「あんた、この仕事に向いてないね。やめた方がいい」

「なぜですか?」

「金に対する執着がない。金にこだわるヤツは、出された札束を一枚一枚丁寧に数える。あたしらの界隈じゃ、何枚か抜くなんてのは当たり前だし、ちょろい相手と見りゃあ、上の何枚かだけ本物であとは新聞紙なんて騙しも平気でやる。偽札を使うのもいる。まあ、うちはやんないけど、あんた、そういう連中と仕事すりゃあ、一発で騙されるクチだ。悪いことは言わない。さっさとやめて、まじめに働きな」

老女は言い、右手の甲を振った。出て行けという合図だ。

橋本は札束を詰めたエコバッグを胸元に抱えた。出て行こうとする。

「あんた、それじゃあ、いかにも大事なもん持ってますって、周りに宣言してるようなもんだよ。バッグを肩にかけて、普通の顔して歩きな」

老女に言われ、あたふたとバッグを肩にかけた。

一礼して、サッシドアを開ける。

半歩踏み出し、周りをきょろきょろと見る。先ほど出くわした痩せぎすの男と同じように挙動不審になっていた。

ドアを閉めて、体をすべて外に出すと、あまりの緊張からか、吐きそうなほど鼓動が大きくなった。目も眩《くら》み、倒れそうだ。

「普通に、普通に……」

小声で自分に言い聞かせ、何度か深呼吸をして駅へと向かう。

震える膝を踏ん張り、エコバッグの肩紐を握りしめ、なるべく周りを見ないようにまっすぐ顔を前に向けて歩く。

少し歩くと、ようやくちょっとだけ動悸《どうき》は収まってきて、呼吸ができるようになった。

脳に酸素が回ると、老女の言葉がよみがえった。

あんた、この仕事に向いてないね。

「わかってるよ、そんなことくらい」

橋本は独り言《ご》ちた。

橋本が老女の下に持ち込んだのは、宝石や貴金属だった。スポーツバッグに雑に詰め込まれているところを見ると、それが危うい品だということは小学生でもわかる。できれば、そんなものを換金する手伝いなどしたくない。

しかし、橋本には事情がある。

きっかけは三年前。マッチングサイトで一人の女性と知り合ったところから始まった。

当時、橋本は四十歳になったばかりだった。

定職はなく、非正規の仕事を転々とする不安定な日々。当然、彼女などいるはずもなく、六畳一間のボロアパートで寝起きし、ひたすら糊口をしのぐために働く毎日を送っていた。

ある夜、たいした動機もなく、衝動的にマッチングアプリに登録した。

その時、なぜそんなものに登録したのかわからなかったが、今思い返せば、四十路を過ぎ、急に寂しさや孤独感を強く感じたのかもしれない。

悪意を持った相手からは、きっと弱った獲物に映っただろう。

橋本はお世辞にもイケメンとは言えない。顔はむっくりしていて唇も厚く、鼻の右横には大きなほくろがある。子供の頃から視力が悪く、分厚い眼鏡をかけている。

マッチングアプリに登録して、思い切ってコンタクトにしたが、ぎょろっとした目が目立っただけで、たいして変わり映えもなかった。

プロフィールにも、特筆する履歴はない。高卒、非正規、年収三百万円以下。資格もなし。

当然、女性からのアプローチはなく、意を決して自分からコンタクトを取っても返事はなし。

すっかりあきらめ、意気消沈していた時、ケイコという女性から突然メッセージが届いた。

一度、お会いしたい。

初めは、自分を騙そうとしていると警戒した。一方で、もし本当だったらという期待と焦燥もあった。

逡巡《しゅんじゅん》した橋本は、ケイコに返事を送った。

メッセージで何度かやり取りをした。

ケイコは自分に自信が持てず、心を病んでいた時期もあり、人と会うのが怖いという。

掲載している写真では、清楚できれいな人なのだが、たとえ美人でも、そういうことはあるのかもしれない。

期待は、自分の都合のいい方向に思考を捻《ね》じ曲げていく。

そして、会おうという話になった。

橋本は生活費の半分をはたいて服を買い、めかしこんでケイコと会った。

目の前に現われたケイコは天使だった。

あまりの緊張で挨拶もろくにできなかったが、ケイコは優しく微笑みかけ、時々自分の話をしてくれた。

二度、三度と会ううちに、橋本はケイコの思いが本物だと思うようになっていった。

三カ月ほど経った頃、ケイコが指輪を見に行きたいと言った。

友人の結婚式に着けていくものだという。

このあたりが巧みだった。

以前のデート商法であれば、ここで自分たちの店か展示場へ連れて行き、高額の商品を買わせるところだ。

が、ケイコは、自分が気に入っているという宝石店に橋本を誘って立ち寄り、指輪を選んだ。

そこで、店員から「ご婚約指輪ですか？」と声をかけられる。

ケイコは「いいえ、まだ」と答えた。

あとから考えると、これも嵌《は》め込む作戦だった。

ケイコはその後、自分で指輪を選び、自分の金で買った。

しかし、橋本の脳裏には、店員の婚約という言葉と、ケイコの「まだ」という言葉が強く刻まれた。

ケイコが手に提げている指輪入りの紙袋が、まるで自分たちの婚約指輪であるかのような錯覚を抱かせる。

そして、夢を見させた。

ケイコに触れたことはなかった。ケイコが男が怖いと話していたからだ。

橋本は触れたかったが、無理強いをして、この幸せなひと時を壊してしまうことはできなかった。

それからさらに三カ月、出会って半年が経った頃、ケイコはデート中に初めて、自分から橋本の手を握ってきた。

柔らかく、すべすべして、ほんのり温もりのあるその感触に、すべての思考が溶けた。

ケイコが言った。

一緒に生きていきたいな、と。

そこからはもう、冷静な判断はできなかった。

毎日のようにケイコと会った。かさむ交際費は、カード払いで捻出した。

その時点で身の丈に合っていない生活に突入したが、ケイコを離したくない一心で借金を重ねた。

とどめは、ケイコの一言だった。

私のための指輪が欲しい。

それは婚約を意味するものだと思った。

ケイコは、以前、同行させた宝石店に橋本を連れていった。

橋本は金をかき集めたが、ケイコが欲しいという指輪は買えなかった。

そこで、店員から、長期ローンの提案を受けた。

これこそが罠だった。

自社のローンで、金利も安かったので、最初は良心的だと思った。が、契約書の真ん中あたりに、違約の記載があり、一度でも返済が遅延した場合は一括返済と記されていた。よく読んでいれば気づいたが、その時はただただケイコの期待に応えたくて、その後のことは考えず、五百万円のローン契約書にサインした。

その夜、ケイコと初めてキスをした。

振り返るに、それはケイコからの唯一のご褒美だった。

その後、ケイコは橋本を高級店や夜の街に誘い出し、散財させた。破綻させるのが目的だったようだ。

早晩、その時がやってくる。

指輪を買った二カ月後、気がつけば、通帳残高は十円を切り、カードのキャッシング枠も使えず、消費者金融でも借りられない状況に陥っていた。

もちろん、指輪のローンも払えない。

自社ローンだから、消費者金融よりは優しいだろうと思っていたが、とんでもなかった。引き落としができなかった翌日にはさっそく、人相の悪い男二人が訪ねてきて、強引に家に押し入り、返済を迫った。

職場にも男たちが来て、日当が出れば、それを根こそぎひったくっていった。

ケイコとデートしているところにも男たちは現われ、橋本を怒鳴りつけ、罵倒した。

ケイコは怯えて、その日以来、橋本との連絡を絶った。

それも彼らの作戦だったようだが、気づいたのは、ケイコに去られて数カ月経った頃だった。

男たちは、金が返せないなら、仕事を手伝えと言ってきた。

品物を換金する仕事だという。

簡単な仕事のように話すが、初めて仕事を手伝った時、それがまともなものではないことを知った。

ちょうど、都内各地で宝石店や貴金属店への強盗事件が頻発しているというニュースが流れていた頃、バッグに詰まった宝石を換金するよう命じられた。

どういうものか、説明されなくてもわかる。

しかしもう、彼らの手から逃れる術《すべ》はない。

指示されるまま、品を運び、換金し、金を彼らに渡す。報酬は悪くなかったが、その九割は返済分として取られる。

橋本は薄給でこき使われていた。

今日の換金は三度目だったが、依然慣れることはない。

毎回、場所も、取引相手も変わる。新たな場所へ出向くたびに、警察に捕まらないか、取引相手に襲われないかとびくびくしている。

駅へ急いでいると、橋本の脇に車が停まった。助手席のドアが開く。

「おい」

声をかけられ、びくっとして、立ち止まった。

「俺だ」

言われ、車の方を見る。

岸辺《きしべ》だった。橋本に執拗な取り立てをし、仕事を手伝わせている男の一人だ。短髪でスーツを着た姿は、一見、パワフルなサラリーマン風情を気取るが、放つ眼光は淀《よど》んで威圧的だ。

「渡せ」

エコバッグに目を向ける。

橋本は周りを見回した。

「きょろきょろするな。さっさと渡せ」

苛立《いらだ》った様子で言う。

橋本はバッグを差し出した。

岸辺はバッグをひったくった。中をちらりと確認すると、一万円札を五枚抜いて、橋本に差し出した。

「これで、残りは四百五十万。また、頼むぞ」

そう言うと、助手席の窓を閉める。窓が上がりきらないうちに、車は去っていった。

橋本は車を見つめ、大きく息をついた。両肩が落ちる。緊張が解け、涙があふれそうになる。

いつまで、こんな生活が続くのだろう……。

先が見えない状況に、胸が苦しい。

2

璃乃は翌朝、早い時間に登庁した。

逮捕特科の部屋へ入る前に、その隣にある仮眠室を覗く。

薄暗い部屋にいびきが響いていた。

璃乃は中へ入った。電気を点《つ》ける。いびきが止まった。

簡易ベッドの脇に歩み寄り、顔を覗く。

「おはよう」

声をかけると、神原が目を覚ました。

「ああ……何時だ？」

「まだ七時。もう少し寝てたら？」

「いや、起きる」

神原は上体を起こし、ベッド下に足を下ろした。あくびをしながら伸びをして、立ち上がる。

「泊まりだと思ったから、朝ごはん、おにぎり作ってきたけど」

璃乃はショルダーバッグをポンと叩いた。

「オフィスで食べる」

「じゃあ、お茶を淹《い》れとくね」

そう言い、仮眠室を出た。

神原は立ち上がって、辛子色のブルゾンに袖を通し、トイレに行った。用を足し、顔を洗ってシャツで拭《ぬぐ》い、オフィスに入った。

自席に行くと、璃乃が弁当箱とお茶を置いていた。

さっそく、いただく。俵《たわら》おにぎりに、玉子焼きとウインナーに野菜少々。丁寧に作ってくれている。

璃乃は、バナナを頬張りながら、プロテインを飲んでいた。

「筋トレ、行ってきたのか？」

「うん。昨日は早く寝たんで、ちょっとだけね。町田さん、松橋たちの逮捕のニュースを見て、呆れてたよ。また、派手にやらかしてって」

「今度、現場に連れて行ってやろうか、あいつ」

町田の顔を思い出して睨み、おにぎりを口に放り込む。

「町田さん、心配してくれてるんだよ。兄さんの無茶を知ってるから」

「おまえに言われたくはない」

神原は笑った。

町田とは、小学生時代からの付き合いだ。もう三十年以上になる。

子供の頃は、よくつるんで、ちょっとした悪さをしたり、他校の連中と喧嘩したりした。

高校生になった時、年の離れた妹の璃乃が生まれた。

しかし、母親は体が弱く、璃乃が三歳の時に病死した。妻を失った父は生きる気力を失い、毎日のように酒を浴び、ある時、家からいなくなった。

神原は高校を辞めた。アルバイトを掛け持ち、稼ぎながら、璃乃を育てた。

神原が家にいられない時は、町田や町田の両親が璃乃の面倒を見た。

璃乃にとって、神原や町田は、自分を育ててくれた親でもあり、唯一頼れる存在となった。

しかし、どうしても璃乃に目が届かない時もあった。

その時、事件は起こった。

小学四年生の時、下校途中に璃乃が誘拐された。

神原は死に物狂いで捜した。当然、警察も動いていたが、神原は独自で目撃者の証言から足跡をたどり、二日後に居所を見つけ出した。

璃乃を連れ去ったのは、隣町に住む大学生だった。

神原はドアを蹴破って、中へ入った。

璃乃はあられもない姿にされていた。大学生の男はそれを自分のデジタルカメラで撮影しているところだった。

そこからは、神原自身、よく覚えていない。怒りが頂点に達し、体が動いていた。

警察が突入した時には、その大学生は顔形がわからないほど殴られていたという。

神原も逮捕されたが、犯人逮捕への協力、人命救助等の点が鑑みられ、不起訴となった。

当時、事件を担当したのが、今の上司でもある大森元だ。大森の勧めで、神原は大学入学資格検定、現在の高等学校卒業程度認定試験を受けて合格し、警察官採用試験も合格して、警察官となった。

璃乃は、その一件以来、格闘技を習うようになった。さらに、体を鍛えるため、ジムにも通った。

中高生時代、璃乃はほとんどの時間を肉体強化に注ぎ、高校卒業と同時に神原の後を追うように警察官となった。

璃乃も今は他の警察官や一般男性とも普通に接し、子供の頃の傷を克服したように見えるが、神原は時々璃乃が夜中にうなされているのを耳にしている。

また、璃乃が神原の他に笑顔を見せるのは、町田だけだ。特科の男性メンバーにも笑顔を見せない。

今も璃乃と暮らしているのも、逮捕特科のメンバーに選んだのも、璃乃が心配だからに他ならなかった。

「兄さん、泊まりがけってことは、また新しい案件?」

「そんなところだ。それは、他の連中が来てから話す」

話しながら食べていると、ドアが開いた。

「おはようございます」

よく通る声の長身の男性が入ってきた。

風間悟志《さとし》、神原が一番にスカウトした男だった。

端整な顔立ちで、口調は丁寧。見た目は好青年そのものだが、その実、組織犯罪対策部第四課で暴力団を相手にしていた刑事だ。

神原が組対部にいたとき、何度か捜査を共にしたことがあったが、見た目とは違い、度胸も据わっていて、どんな悪党を前にしても退《ひ》かない。

また、相手が襲ってきても制する体術の使い手でもある。

「チーフ、帰ってないんですか?」

「まあな」

「ということは、新しい案件ですね。用意しておきます」

そう言うと、自席に戻って、ノートパソコンを起《た》ち上げた。

またドアが開く。入ってきたのは、桃崎愛子だった。

愛子は広報部にいた女性警察官だが、少年課にいた当時、璃乃と共に働いていた。ショートカットで小柄な女性だが、格闘技に造詣が深く、璃乃とも組手ができるほど腕もある。

璃乃と顔見知りだったこともあり、神原は特科に誘った。

次に入ってきたのは、笹本智明《ともあき》だ。

童顔でほっそりした男で、サイバー犯罪対策課に在籍していた。

一人、情報に精通している者がほしいと思った神原は、サイバー課の何人かをあたってみたが、その中で目に留まったのが笹本だった。

見た目は線が細いのに、合気道を軸とした逮捕術に精通している。体幹が強い。上着を脱がせると、締まった体をしていた。

現場では、悪党を油断させる要因としてもってこい。さらに、情報の扱いに慣れている。求めていた人材そのものだった。

あくびをしながら入ってきたのは、久保井純平《じゅんぺい》だ。警察職員で設備課に在籍し、警視庁内の施設保全管理、修繕などを行なっていた。

神原は工作ができる要員として、久保井に白羽の矢を立てた。

術科の教官から、設備課に腕の立つ者がいるという情報を得たからだ。

神原は、久保井が道場で逮捕術の鍛錬をしているという話を聞くや、自ら出向いて、その腕を確かめた。

長年、工事関係に携わっていたので、体はできていた。

硬そうな印象だったが、組手をしてみると、その動きはしなやかで、可動域も広い。柔軟な筋肉が、久保井の技にキレを与えている。

組み合ってすぐ、神原は特科に引き抜いた。

「遅くなりました」

最後に駆け込んできたのは、遠藤匠《たくみ》だ。

遠藤は刑事部捜査一課に在籍していて、たまたま久保井と組み合っていたその場所にいた。

神原から誘いを受けた久保井が「腕の立つヤツなら、もう一人いますよ」と、遠藤を指した。

遠藤はその時から、右横の髪に金のメッシュを差していた。見た目は今どきの若者といった風情だ。

理由を聞くと、若者たちから情報を得るのには、堅苦しいスーツ姿ではどうにもならないので、チャラチャラした雰囲気にしているという。

捜査を円滑に運ばせるために、自分を殺すことのできる遠藤に興味を覚えた。そして、久保井に遠藤の相手をさせた。

遠藤は小柄ながら、力強い動きを見せた。特に、相手をつかんで引き寄せた時のパワーは突出している。

訊くと、高校時代には柔道の全国大会で入賞したという。

神原はその場で遠藤にも特科へ来るよう話し、異動させた。

「全員、揃ったな」

神原はお茶を飲み干し、自席に着いたメンバーを見回した。

「各自、ファイル0013を開いてくれ」

神原が言う。

全員が、自分のノートパソコンで、逮捕特科依頼案件のフォルダーから同ナンバーのファイルをクリックした。

ドキュメントファイルが表示される。

「三分で目を通してくれ」

指示する。

神原は、昨晩徹夜で、大森から預かった資料を精査し、概要をまとめた。

「このところ頻発している貴金属店強盗事案ですね」

風間がつぶやく。

「この岸辺ってのをパクればいいんですか？」

久保井が顔を起こす。

「最後まで読め」

神原に言われ、久保井はモニターに目を向けた。

三分経って、神原が声をかける。

「全員、目を通したな」

メンバーは首肯した。

「読んでの通り、都内で頻発している貴金属店強盗事案の被疑者の逮捕だ。今、特定されているのは、その岸辺裕紀《ゆうき》、橋本信雄の二名だ。彼らが杉並区の質店に持ち込んだ品が贓《ぞう》物《ぶつ》だということが確認されている」

贓物というのは、犯罪によって手に入れた他人の財産。盗品のことだ。

「でも、四人組ですよね、たしか」

愛子が言う。

「片言の日本語というのは気になりますね」

笹本が続けた。

「そういうことだ。特定されているのは二名のみ。被害を受けた従業員の証言によると、押し入った強盗は四名。そこだけでも二名足りない。さらに、発見された贓物はごくわずか。盗みの規模から考えると少なすぎる」

「他の贓物は犯人がまだ持っているということですかね」

遠藤がつぶやいた。

「もしくは、すでに裏ルートに流されているか」

風間が補足する。

「もし、裏ルートに流しているとすれば、それなりの規模の組織よね」

璃乃が言った。

神原はうなずき、口を開いた。

「組織の全容が見えない。ヘタに動くと、トカゲのしっぽを切られる」

「本体は逃せませんからね」

風間が言った。

「そこで、組対二課とは別に、岸辺、橋本の内偵に入る。遠藤と久保井は岸辺の周辺を探れ。風間と桃崎は橋本の周辺を。笹本は資料を分析してくれ」

「私は？」

璃乃が訊く。

「おまえは待機だ」

「なぜ？」

不満げに神原を睨む。

「おまえはうちの最終兵器。各チームにトラブルが発生したら、すぐに駆け付けさせる。そのための待機だ」

「そりゃ、心強い」

久保井が軽口を叩く。

璃乃は久保井を睨んだ。他のメンバーが微笑む。

「着手は一週間後を予定している。三日で情報を集めてこい。その情報を基に動きだしを決める。以上！」

神原が言うと、璃乃以外の五人が一斉に立ち上がった。

3

遠藤と久保井は、ラフな格好をして、歌舞伎町にあるダーツバーを訪れていた。

店内はそこそこ広く、男性客が接待役のバニーガールの格好をした女性と酒を片手に、ダーツを楽しんでいる。

ダーツ場の脇にはカウンターがあり、そこにも男性客とバニーガールがいた。

ここは、二人が内偵を進めている岸辺裕紀の根城だった。

「こんばんは。ここ、初めてですか?」

カウンターの中から、バニーガールの格好をした若い女性が話しかけてくる。左胸につけた名札には〝ミキ〟という源氏名が書かれていた。

遠藤が答えた。

「ああ。コロナが5類になったとたん、出社しろとうるさくってさあ。やってられないから、このへんに遊びに来たんだけどさ。ここはいい店だね」

カウンターに片肘を置いて、店内を見回す。

「ありがとうございます。うちは、他の店と違って明朗会計ですから。何飲まれます?」

「俺はテキーラ。おまえは？」

久保井に問いかける。

「オレはジンライムで。おねえさんも飲んでよ」

久保井はミキに微笑みかけた。

「いいんですか？　いただきます」

ミキは一度カウンターの奥へ引っ込んだ。

「全体的に若いな」

久保井が顔を寄せて、ささやく。

「うまいことやってやがる」

遠藤がダーツ場の方を見据える。

男性客とバニーガールは二人とも立って、一見、ダーツを楽しんでいるように見える。しかし、バニーガールは必要以上に男性に身を寄せ、時に胸を密着させて、男性客をその気にさせる。

体を寄せたあとは、多くの男性客がドリンクを頼む。戻ってきたバニーガールは、カウンターの中で自分の分の酒を飲み、男性客の分だけを持っていく。

また、ダーツ場にベンチを置いているが、バニーガールは決して隣には座らない。

つまり、見た目上は、場外接客をしていないので、風俗営業法にはひっかからない。

「まあ、あれやこれやと考えるもんだねえ」

久保井は苦笑した。

ミキが注文した飲み物を持ってきた。自身はテキーラの入った小さなグラスを手にしていた。

「じゃあ、乾杯！」

ミキがにこやかにグラスを掲げる。

遠藤と久保井もグラスを持ち上げた。遠藤はテキーラをくいっと呷り、飲み干した。ミキも同じように飲み干す。

「おにいさん、強いね」

「いや、精いっぱい。ビールをちょうだい。ミキちゃんはもう一杯飲んでいいよ」

「わあ、うれしい！　ありがとう！」

ミキがまた奥へ引っ込む。

「手慣れたもんだな」

久保井はミキをちらりと見て、ジンライムを少し飲んだ。

いつの頃からか、新宿界隈ではテキーラの一気飲みが流行《はや》り始めた。一時のブームで終わるかと思いきや、ショットの一気飲みはあちこちに蔓延し、今では若者が集まる場所やガールズバーでは定番の飲み方になっている。

ただ、トラブルも多い。

強い酒なので、何杯も飲めば、泥酔は必至。急性アルコール中毒にもなりかねない。

それより問題なのは、杯数の水増しだ。

相手が酔っているのをいいことに、一杯、二杯と、飲んでもいないショットの数を伝票に足していき、店を出る頃には二割、三割増しの値段になっていることもある。

また、値段は高いが、テキーラのショット自体は少量なので、相手にバカスカと飲ませることもできる。

さらに、目の前でボトルを開け、客側からショットグラスに注げば、それは紛れもなくテキーラだが、店の奥から出してくるようなところでは、ただの色の付いた水を入れ、テキーラと称して女の子に飲ませていることもある。

女の子はなかなか酔わない。かたや、酔わせたい男性客は意地になって飲み合いをし、べろべろになって、割増料金を落としていってくれる。

売り上げを上げたい店側にとって、テキーラは、実に都合のいい酒だった。

ミキがビールとショットグラスを持ってきた。遠藤の前にビールを置く。

「では、いただき！」

ミキがグラスを持ち上げる。

「あれ、その色のテキーラ、めずらしいね。ちょっと飲ませてくれない？」

遠藤が言う。

ミキの笑顔があからさまに引きつる。

「あ、これは、あの……リキュールなの」

「へえ、そうなのか。テキーラは飲まないの？」

「私、あまり強くないから」

「そっか。なら、あまり飲まない方がいいな。俺の友達、何人もテキーラの飲みすぎでぶっ壊れてるから」

そう言って、笑う。

「そうなんですか？　気をつけまーす」

ミキは笑顔を作り直して、リキュールと申告したショットグラスの中身を空けた。

「ちょっと失礼します」

ミキは空いたグラスを持って、またまた奥へ引っ込んだ。

「おい、今のはまずかったんじゃないか？」

久保井がジンライムを飲みながら、雑談するような顔をして言う。

「いいよ。もっと、中身のあるヤツが出てくるだろう?」

「それもそうだな」

久保井は笑った。

まもなく、別のバニーガールが出てきた。

長い髪は金髪で、横髪に少しブルーを差している。体も鍛えているようで、肩が盛り上がり、上半身は逆三角形だった。

「すみません。ミキちゃんと代わりました、シェリーと言います」

そう言い、名札を見せつけるように左胸を出す。胸筋がむくむくっと動いた。

まるで、ゴリラがバニーガールの衣装を着ているようで、遠藤と久保井は苦笑した。

「私もいただいていいですか?」

「どうぞ」

遠藤が微笑んでうなずく。

シェリーは一度引っ込むと、ビールを持ってきた。特大ジョッキになみなみと注がれている。

「すごいね」

久保井が目を丸くした。

「ビール好きなんです」

シェリーはジョッキを持ち上げると、ぐびぐびと飲み始めた。前腕の筋肉に筋が立つ。口辺からあふれるのもかまわず、半分ほど飲んだ。

「おー、すごいすごい！」

久保井と遠藤は思わず拍手をした。周りの男性客も、何人かが拍手をする。

「飲み比べしません？」

遠藤を見据える。

「いいよと言いたいところだけど、俺はあまり強くないんでね」

「そちらさんは？」

久保井に目を向ける。

「これ見たら、わかるでしょう」

ジンライムを持ち上げる。

「情けないのね、お二人さん」

少し鼻で笑う。

久保井が笑って返した。

「シェリーさん、挑発しても無駄ですよ。オレもこいつも、その飲み比べってので、前にえらい目に遭ったことがあるんですよ」

　ちょっと声を大きくする。

「ここじゃないんだけどさ。似たようなガールズバーで、飲み比べと称して、なんかすごく強い酒が混ざったのを飲まされて、二人とも泥酔して、気がついたら、百万円も請求されたんだよ。飲んでもないテキーラのショットを二十杯以上付けられてて」

　ジンライムを飲んで、少し怒ったふうな、酔ったふうな態度を気取る。

「払えないって言ったら、なんか、怖いにいちゃんが出てきて、ＡＴＭに行こうとか言うんだよ。知らねえよと返したら、胸ぐらとかつかまれてさ」

　だんだん声を大きくする。

　シェリーの目が泳ぎ始めた。

「二人でそいつら突き飛ばして、駅前まで走って、交番に駆け込んだんだよ。そいつら、交番にまで入ってきて、揉めに揉めて、結局、二十万で済んだんだけどさあ。それでも、倍は取られてる。二万くらいボラれるなら、まあ仕方ないと思うけど、倍はないよねえ、倍は。あれから、飲み比べってのは、顔見知りの間でもしないことにしたんだ。ろくなことにならないからさ」

久保井の話を聞いて、チェックを始めた客が、一人二人と出始めた。

シェリーがあわてて口を開く。

「それは大変でしたねー。うちはそんなことしないけど、タチの悪い店はあるからさ」

「そうでしょう、そうでしょう。ここは大丈夫な感じだもん。だから、入ってきたんですよ」

久保井は言って、ジンライムを飲み干した。

「シェリーさん、これもう一杯もらえる？」

「ええ、ありがとうございます」

シェリーは懸命に笑みを作り、空いたグラスと自分のジョッキを取って、奥へ引っ込んだ。

久保井は遠藤を見て、にやりとする。遠藤はため息をついて、顔を小さく横に振った。

「おまえの方がやりすぎだよ」

「いいじゃないか。シェリーでオレたちを帰そうとして失敗したわけだ。次は、誰が出てくるかねえ」

久保井がカウンターの中を見ていると、スーツを着た女性が出てきた。

「ほお、さっそく親玉のおでましかな？」

久保井がつぶやく。

遠藤は女性を見つめた。

「失礼します。ちょっと女の子が足りないんで、私がお相手させていただきたいんですけど、よろしいですか？」

「どうぞ」

久保井が言った。

久保井の前にジンライムを置く。

「私、この店の店長を務めております、早苗《さなえ》と申します」

顔を傾け、会釈する。長い黒髪が揺れる。切れ長の目の細身の美女だった。

「早苗さんも飲んでください」

「ありがとうございます。では、ハーパーの水割りをいただきます」

早苗は近くにいるバニーガールにバーボンの水割りを持ってくるよう言うと、久保井たちに向き直った。

「先程のお話、奥で聞いていました。本当に災難でしたね」

「まあ、歌舞伎町だから、そういうところもあるのは仕方ないんでしょうけど」

久保井が言う。

「私たちも、そうした悪質店はなるべく街から出て行ってもらおうと活動はしているのですが、なかなかいたちごっこで……」

「歌舞伎町は長いんですか？」

遠藤が訊いた。

「十年ほど前から、この界隈で働いています。縁あって、三年前にここの店長になったんですけど、ちょうどコロナ禍の外出自粛が始まった頃で」

「それは大変でしたね」

「なんとか、持続化給付金などで繋《つな》いで、ようやく規制も撤廃されて、やっと軌道に乗り始めたところです。きつい三年でしたけど、良い面もあったんですよ」

「ほう、なんです？」

久保井が訊く。早苗は久保井の方に向いた。

「コロナ禍の規制が始まった頃は、闇営業をする店が増えて状況も一時的に悪化したんですが、一年も過ぎるとそれではもたなくなって、悪質なお店が次々と潰れました。その空き店舗に若い人たちが入ってきて、ささやかだけど自分たちが集まる場を作りたい人が集うようになって、街の空気が一変しました」

「期せずして、街の浄化ができたというわけですか」

「ええ」

にっこりと笑って、首を傾ける。

「そういえば、歩いている人たちのメンツというか年齢層が若くなってますよね。歌舞伎町タワーもできたし」

遠藤が感心するようにうなずいた。

「街は新陳代謝を繰り返すものですが、それがこの時期だったのかもしれません。お客さんが高額料金を請求されたのは、コロナ前ではありません?」

久保井を見る。

「そうです。なんで、正直、久しぶりの歌舞伎町には緊張してたんですが」

「今もそういうお店がないとは言えませんけど、だいぶ減りましたよ。少なくとも、うちの系列なら大丈夫です」

「他にもあるんですか?」

「はい。今のところ、歌舞伎町で三店舗。新宿三丁目で二店舗。さらに増やしていく予定です」

「そりゃすごい。ずいぶん、儲かってますねえ。あ、品のない言い方ですみません」

久保井が苦笑いをする。

「いえ、いいんですよ。店の数を聞くと、そう思いますもんね。実は、売り上げも順調なんですが、それ以上に家賃が安くなっているんです」

「へえ、家賃が」

遠藤が驚いてみせる。早苗がさりげなく遠藤を見やる。

「コロナ禍で次々と閉店していったので、思わぬ一等地も空き物件のままだったんです。管理会社としては寝かせておくわけにもいかないんで、ダンピングを始めて。一カ所が下げたら、あとはうちもうちもとなって。なので、元手が少なくても、いいところを借りられて、今こうして客足が戻ってくると、それがいい方に転がり始めて」

「なるほどなあ。ここのオーナーさんは、先見の明がありますね。一度、お会いしたいもんだな。なあ」

遠藤が久保井に顔を向ける。

「そうだな。オレらもいつどうなるか、わからないもんなあ。見識ある人に一度話は伺ってみたい」

「だったら、またお越しください。オーナー、今日はいませんけど、時々、店には顔を出しますので」

「ほんとですか！　いつ、いるんです?」

「水曜日に来ることが多いかな。他の日にいることもありますけど、まちまちです」

「そうですか。じゃあ、また来てみます」

久保井が言う。遠藤もうなずき、ビールを飲み干した。

「もう一杯、いただけますか？」

「はい。お待ちください。あ、女の子空いたみたいなので、代わりますね」

早苗も水割りを飲み干し、空になったグラスを持って、奥へ下がる。

「どうするよ。本丸と顔合わせするか？」

久保井が小声で訊く。

「それも悪くないな」

遠藤はちらりとカウンターの奥を見て、笑みを滲《にじ》ませた。

4

風間と愛子は、カジュアルな格好で橋本信雄を張っていた。

橋本は、夜間のコンビニ店員として働いていた。夜通し働いた後、昼間は六畳一間の古いアパートで寝るだけ、という生活を送っている。

近所でそれとなく聞き込みをしてみたが、橋本がそのアパートに住んでいることを、同じアパートの住人も知らないというありさま。

ともかく、影の薄い男だった。

二人はほぼ、橋本の部屋のドアが見える駐車場に停めた車の中で過ごしていた。

「本当に出かけない人ですね」

愛子はため息をついて、紙パックのオレンジジュースを啜った。

「動かずにいてくれた方が楽でいいけどな」

風間はおにぎりを食べ始めた。

と、ジーンズを穿いた三十代らしき男が近づいてきた。細身で人相が悪く、ポケットに両手を突っ込み、ガニ股で歩いてくる。

男は風間が座る運転席側のドアをノックした。風間はドアを開けた。

「何やってんだ、風間」

男が腰を曲げて、中を覗き込む。

「おう、堀川か」

風間は笑みを浮かべた。

「そこに立たれては目立つ」

そう言い、親指で後ろを指す。

堀川は後部座席に乗り込み、ドアを閉めた。

「久しぶりだな。おまえ、今、新設部署にいるんだって？」

堀川が親し気に訊いてくる。

「ああ。彼女は同僚の桃崎愛子。元は広報だ」

「へえ、広報から逮捕特科は大変だな。俺は組対四課で風間と一緒だった堀川正則《まさのり》だ。よろしく」

堀川が言う。愛子は肩越しに後ろを見て、会釈をした。

「で、四課のおまえが、なんでここにいるんだ？」

「仕事に決まってんだろ」

「このあたりに、関係者がいるのか？」

「疑い、な。目の前のアパートだ」

堀川が橋本がいるアパートを指した。

「張り込むのにいい場所を探してたら、おまえが見えたんで、来てみたんだよ。ここ、張り込みにいいところだな。譲ってくれないか？」

「俺も張り込んでるからな」

アパートを指さす。

「誰だ?」

堀川が訊く。

「おまえも教えろ」

「じゃあ、せーので名前を言おう。せーの」

「橋本」

声がそろった。

愛子が驚いて、後ろを向く。

「堀川さんも、橋本を追っているんですか?」

「逮捕特科も出てきてるのか」

堀川はシートにもたれ、頭を掻《か》いた。

「うちだけじゃない。組対二課も動いているはずだぞ」

風間が言う。

「めんどくせえヤツだな。もらっていいか?」

センターコンソールに置いてある缶コーヒーを見る。

「いいぞ」

風間が言うと、堀川は手に取り、プルタブを開けて、半分ほど飲んだ。一息ついて、またシートにもたれる。

「橋本は反社と関わりがあるのか？」

「そう疑われてる。おまえらが動いているのは、貴金属店強盗の件だろ？」

堀川が訊いた。

「そうだ。それに反社が絡んでいるのか？」

風間が訊ねた。

「俺もここで張り込みさせてもらっていいか？」

「抜け目ないやつだなあ。わかったから、話せ」

風間が笑う。

堀川は缶コーヒーを一口飲んで、口を開いた。

「俺たちは組対二課とは別ルートで、貴金属店の連続強盗事案を追っていた」

「別ルートとは？」

「他で捕まったヤツの情報で、夕凪会《ゆうなぎかい》の新藤《しんどう》の部下だった石村《いしむら》が関わってるんじゃないかって疑惑が出てきてな」

「石村渚《なぎさ》か？」

風間が訊く。

「女の子ですか？」

愛子が訊いた。

「名前は渚だが、名前からは想像もつかないブタゴリラのような男だよ」

堀川が笑う。

「石村が仕切っているのか？」

「わからんが、このところ、夕凪会の周辺が騒がしいんだ。新藤と小城《おぎ》が跡目を争っているみたいでな」

「上田《うえだ》会長は病気か？」

「癌《がん》だ。早けりゃ、年内にも危ないって話でな」

堀川がため息をつく。

「しかし、今どき組を継いだところで、食っていけないだろう。夕凪会のしのぎは相当削られたという噂《うわさ》は耳にしているぞ」

「そこだ。新藤も小城も欲しいのは夕凪の看板だ。あそこは落ちぶれたとはいえ、武闘派で鳴らした組だからな。今でも、名前を出すだけで、同業者や半グレもおとなしくなる。屋号としてはまだ利用価値は高い。そこで問題になるのは、金だ」

「それを石村に集めさせているというのか、新藤が？」

「石村は今、小城についている」

「どういうことだ？」

「そこがわからん。石村が本当に寝返ったのか、あるいは、小城を嵌める要員として送り込まれているのか」

　愛子が話に割って入った。

「なるほど。その石村って人に、派手に強盗団を組織させて捕まえさせて、捕まったら小城の名前を吐かせるってことですね」

「察しがいいねえ、桃崎さん」

　堀川がにやりとする。

「新藤は夕凪の中でも知略派だ。にしちゃあ、石村の動きは雑で見てられない。わざと見つけてくれと言わんばかりに、素人を使っている感もある」

　そう言って、橋本の部屋の方に目を向ける。

「四課はどうしたいんだ？」

　風間が訊いた。

「泳がせたい。橋本を飼ってるのは岸辺って半グレみたいだが、問題はその上からだ。橋本が次々と仕事を成功させりゃあ、当然、上も目をかける。疑われるかもしれないが、それでもかまわん。必ず、岸辺を通して、上に接触する機会が来るだろう」

「なぜ、橋本なんだ?」

「真面目だからだ。ヤツのプロフィールは見たか?」

「ざっとはな。細かいプロフィールは知らない」

「そうか。なら、張り込み場所を提供してくれた礼に、うちのネタをやる。あとで見てくれればいいが、なんせ、真面目というか堅物というか。要領の悪いヤツだ。だから、まさか四課の刑事が自分を見張ってるとは思わないだろう」

「相変わらずだな、そっちは」

「仕方ない。あいつにはかわいそうだが」

また、橋本の部屋に目を向けた。

「というわけなんでな。橋本をパクるのはもう少し待ってくれ。うちの課長からも話が行くと思うが、戻ったら神原さんに伝えといてくれ」

「行き違いがあるといけない。俺が直接伝えてくるよ。桃崎、堀川と一緒に張り込みしておいてくれるか?」

「わかりました」

「堀川、うちのを頼んだ」

「任せとけ」

堀川が親指を立てる。

風間は車を降り、最寄りの駅に急いだ。

5

別室で捜査資料の精査をしていた笹本が、特科の部屋に戻ってきた。

「チーフ、だいたいの分析が終わりました」

ノートパソコンと捜査資料の入った大きな紙袋を持って、神原のデスクに近づく。

一人、時間を持て余していた璃乃も席を立って、神原のデスクに歩み寄った。

「どうだった？」

「雑ですねえ、なんだか」

笹本は足下に紙袋を置いた。ノートパソコンのキーボードを外し、タブレットにして、天板の真ん中に置く。

神原と璃乃が、モニターを覗き込んだ。神原は相変わらず、サングラスをかけたままだ。

「まず、犯行の手口なんですが、ドアをこじ開けるか、もしくは車でドアを破壊して侵入し、バールのようなものでショーケースを破壊し、根こそぎ奪って逃げるというパターンが共通しています」

手口を整理したファイルを表示する。

「警報が鳴り、警備会社の者が到着するまで、狙われた店のほとんどが五分。十分のところもありましたが、犯行は侵入して二分で終えているようです」

「手慣れた連中かなあ」

璃乃がつぶやく。

「いや、盗品を見てみると、高価なものから安価なものまで様々です。慣れた者たちなら、高価な品だけを狙うでしょうから、どの現場も素人が襲ったとみて、間違いないでしょう。ただ、指南している者はいますね。でなければ、二分で犯行を終えて出て行くことはできません」

「警備会社は？」

「すべて同じ会社ではないかと疑いましたが、大手警備会社数社が使われていたので、警備会社に協力者がいるとは考えにくいですね」

笹本は淡々と説明を続ける。

「犯行に使われた車のナンバープレートは、すべて盗まれた物でした。偽造がないところをみると、組織的にプレートを盗む専門チームがあるか、もしくは、売買している者がいるかですね。これについては、ナンバープレートを盗んで捕まった高校生からの証言がありますす。ネットでナンバープレートを高く買い取るという情報があり、そこに売ったものの一部が、強盗犯の車に使われていました。証言をもとにサイトを探ってみましたが、すでに消されていました。外国のサーバーを使っていたようです。こちらは、二課が継続捜査しています」

笹本は指で画面をスクロールした。

「逃走経路ですが、これはあらかじめ決めていたと思われます。逃走車の足跡を追ってみると、犯行時刻に交通量の少ない道路、地元の人間しか知らない抜け道などが使われています」

「だから、いまだに吉祥寺の事案だけしか犯人グループの情報がないってわけ？」

璃乃が笹本を見た。

「そうですね。ですが、それだけ詳細に調べているということは、現地で確認しなければ不可能です。グーグルマップにしても、路地の詳細まではわかりませんから。そこに、穴がありました」

笹本は次の画面を出した。

防犯カメラの切り取り画像が数枚、並べられている。

「各現場の犯行の二週間前、この青いコンパクトカーと同一のスーツの男女二人の姿が近隣の防犯カメラに映っていました」

笹本が車と人物の写真を並べた。

車はどこにでもある大衆車だ。スーツを着た男は少し童顔な感じがする。女性はショートカットで、就活生のようだった。

「笹塚の現場近隣で、少し話を聞いてみたんですが、彼らは地図作製会社の社員だと名乗り、地元商店や飲食店の人たちに抜け道を聞いていたそうです」

「最近、抜け道マップなんてのもあるからな。訊かれた方はまさか強盗が使うとは思っていなかっただろう。この男女の身元は？」

「今、調べているところですが、前科者リストに合致する者はいませんでした」

「調べてこようか？」

璃乃が言う。

「いや、待て。こいつらがどこを根城にしているかわからん。めったやたらに動いたところで時間がかかるだけだ」

「そうです。そう思って、ナンバーからこの青いコンパクトカーの交通履歴を探ってみました」

笹本が画面をスクロールする。

都内の地図が出てきた。強盗現場で赤い丸が点滅している。

「まずは、強盗犯の逃走経路です」

赤い丸をタップすると、赤丸の点滅から赤い線が伸びた。複数の赤い線が弧を描いて伸び、渋谷周辺に集まる。

「で、こっちがコンパクトカーの履歴です」

青い丸をタップする。

と、赤い線をなぞるように青い線が弧を描き、渋谷周辺に集まった。

「郊外じゃなくて、都心に集まっていたということ？　大胆ね」

「本当に。攪乱《かくらん》するにはうまい方法だとは思いますが、防犯カメラが街中に張り巡らされている現代では、見つけてくれと言わんばかりの履歴です」

笹本が言う。

「車の所有者は？」

「判明しましたが、組対二課の調べで盗難車だということがわかっています」

「持ち主はシロか……」

「一応、僕の方でも調べましたが、盗難届が出されていました。ですが、少々気になります」

「何が？」

璃乃が笹本を見やる。

「犯行に使われた車のプレートはすべて換えられていたにもかかわらず、このコンパクトカーは換えていません。下調べしている時に盗難車だと気づかれれば、それこそすべての計画はパーになります。僕なら、このコンパクトカーのナンバープレートも換えますが」

「それもそうだな。璃乃、ちょっとこの車の持ち主を調べてくれるか？」

「了解。笹本さん、データ回してくれる？」

「ファイル０２３２に入れてます」

「ＯＫ。じゃあ、行ってくる」

璃乃は自分のデスクに駆け寄り、椅子に掛けたリュックにノートパソコンを詰め、右肩に肩紐をかけ、駆け出ていった。

笹本は璃乃を見送り、神原に顔を戻した。

「それと贓物の流れなんですが、都内複数箇所の質店が使われているようですね。今どきなら、ネットを使ってもおかしくないのですが、それは一切ないようです。なんらかのシステムがありそうですね」

「二課の見解は？」

「僕と同じです。今、売買に使われた質店の共通項を探っているところのようですが、見つかっていないみたいですね。ただ、これも、ちょっと思ったんですが」

「なんだ？」

「個別の質店と犯人グループがそれぞれ契約していると考えるより、その上に統括している者がいると考える方が合理的じゃないですか？」

「……組合か？」

神原の言葉に、笹本がうなずく。

「二課に伝えて、調べてもらえ」

「わかりました」

笹本はタブレットを取り、資料の入った紙袋を持って一礼し、部屋を出た。

神原が一息ついていると、大森が入ってきた。

「神原、内偵はどうなった？」

「順調ですよ」

「そうか。いったん、待機だ」

「なぜです？」

「組対四課から、待ったが入った」

「四課？　そっちの筋の話が出たんですか？」

「そういうことだ。一度、みんなを引き上げさせろ。詳細は全員戻ってきてから話す」

大森が言う。

神原は大きなため息をついた。

この新部署に来て、最も苛つくのがこれだ。内偵を始めても、各課の都合で待機を余儀なくされる。

時には、そのまま話が立ち消えてしまうこともある。

しかし、神原たちの仕事は逮捕することのみ。各課の判断で逮捕しないと決めれば、その方針に従うしかない。

神原は立ち上がった。

「おい、部下に連絡をしろ」

「部長がしといてください。俺はちょっと寝てきます」

大あくびをして、部屋を出て行く。

「待て、神原！」

大森が呼び止めるのも聞かず、そのまま仮眠室へ向かった。

第3章

1

「兄さん、起きて」

仮眠室に璃乃が入ってきた。

神原がむくりと起き上がり、あくびをする。

「みんな、戻ってきたか？」

「うん。部長が呼んでる」

璃乃が言う。

神原は大きく伸びをして、もう一つあくびをし、ベッドを降りた。

璃乃と共に逮捕特科の部屋へ戻る。

「おう、みんな、ご苦労さん」

　一同を見渡して、声をかける。

　神原のデスクの脇に立つ大森がため息をついた。

　神原は席について、大森を見上げた。

「部長、全員揃いました。どうぞ」

　しれっと言う。

　大森はひと睨みし、咳払いをして、顔を上げた。

「諸君、内偵中に呼び戻して申し訳ない。岸辺と橋本が関わる強盗事案についてだが、一時待機となった」

　大森が言う。

　みな、驚きもせず、大森の方を見ていた。神原と同じく、こうした事態はすっかり想定内のようだ。

「組対四課の件ですか？」

　風間が訊いた。

　大森がうなずき、話を続ける。

「岸辺や橋本が絡んでいる強盗事案が、夕凪会の跡目争いにも絡んでいる可能性が出てきた。四課は橋本と岸辺を泳がせ、彼らを統括していると思われる石村、その上の小城、新藤らの関与を立証できる証拠を集め、夕凪会を壊滅に追い込みたいとの意向だ」

「となると、うちの出番はなしってことですかねえ」

遠藤が言う。

「今のところはな。逮捕時にまた要請があるかもしれないが、今は待機ということだ」

「一応、調べてきたことはありますけど」

久保井が言う。

「報告書を上げてくれ。二課と四課にそれぞれ伝える。普段から、情報は提供してもらっているからな。お返しだ」

「了解しました」

久保井はため息をついて、ノートパソコンを開いた。

「他の者も、調べたことは報告書として上げてもらいたい」

「私たちは別の案件を担当するんですか？」

愛子が訊く。

「いや、今のところ、他からの要請はないので、報告を終えたら待機だ。家に戻ってもかまわんが、連絡は取れる状態にしておくように。じゃあ、神原。あとは頼んだぞ」

「はいはい、お疲れさんです」

目も合わせずに言う。

大森はもう一度神原をひと睨みし、部屋から出て行った。

ドアが閉まる。璃乃が待っていたように口を開いた。

「ねえ、兄さん。いえ、チーフ。このままでいいんですか？」

「このままとは？」

璃乃を見やる。

「案件が来たと思ったら、他の課の都合で待機。こんなことが多すぎると思うんですけど」

「そりゃ仕方がない。俺たちは、逮捕専門だ。要請がなけりゃ、単独では動けない」

「だから、それでいいのって言ってんの！」

璃乃がデスクを叩いた。

「いいも何もない。それが、ここのルールだ。警察官たるもの、ルールは守らねばならない」

神原は璃乃を見据えた。

璃乃は悔しそうにうつむく。

「ただし」

神原は少し声を張った。メンバーが神原に目を向ける。

「報告書を上げれば、次の案件が来るまではオフだ。オフは何をしていてもかまわない。飲みに行こうと」

遠藤と久保井を見やる。

「散歩しようと」

風間と愛子に目を向ける。

「個人的な分析を行なおうと」

笹本を見る。

「次に乗りたい車を見定めようと」

最後に璃乃に顔を向けた。

「寝ようと、な」

神原はあくびをして、にやりとした。

「さっさと報告書を済ませて、〝余暇〟を楽しめ。俺は家かここの仮眠室で寝てるから、いつでも連絡をくれていいぞ」

そう言い、立ち上がって、仮眠室へ向かった。

風間は神原を見送って、全員を見渡した。

「ということだそうだ。報告書を済ませて、有意義な休暇をもらおう」

風間の言葉にみんなが首肯し、ノートパソコンに向かった。

2

石村渚は肩をゆすり、周りを威嚇《いかく》しながら、夜の歌舞伎町を練り歩いていた。

通行人は石村を避ける。店先に立つ呼び込みは、石村の姿を認めるなり、頭を下げた。

石村は眉間に皺を寄せ、険しい表情を覗かせていた。

苛立っている。

数日前から、どこへ行くにも尾行されている。おそらく、警察だ。

何の関係で尾《つ》け回されているのかわからない。夕凪会の跡目争いの件ならまだいいが、貴金属店強盗の件なら厄介だ。

いずれは警察も嗅ぎつけるだろうとは思っていたが、予想以上に早かった。

強盗の件で引っ張られること自体は、どうということのない話だ。知らぬ存ぜぬで逃げ切ってしまえばいい。

ただ、岸辺らと接触できないのは困る。

資金を回収できないからだ。

裏口座に入れさせたり、暗号資産に換えさせたりするのもいいが、やはり、一番いいのは現金のプールだった。

現金が手元にあれば、いざという時、どうとでも動かせる。資金洗浄もしやすい。

口座は押さえられれば、すべての金を引き出せなくなる。それで資金繰りに窮し、解散に追い込まれた組やグループもよく知っている。

あまり大金を抱えておくわけにはいかないが、三億円程度は手元に置いておきたい。

岸辺らにやらせている貴金属店強盗は、そこそこうまくいっている。

顔も知らない実行犯が捕まろうと、どうでもいい。しょせん、駒でしかない。

だが、盗品を換金できないのは困る。

ルートを付けて少し流したが、とたんに警察の尾行が始まった。

盗んだ品の換金は、まだ一割にも満たない。

石村は、今後の動き方を相談するため、岸辺に接触する機会を狙い、街を流していたが、張りついた連中が離れる気配がない。

おそらく、警察は、岸辺と自分が接触する瞬間を待っているのだろう。

であれば、貴金属店強盗の犯人の一人が岸辺だということもバレているという話になる。どうするかな……。

肩越しにちらちらと背後を見やる。走ったところで、連中をまくのは難しい。結構な人数を投入しているようだった。

懐に入れたスマートフォンが震えた。着信だ。チェックしたいが、無視して歩き続ける。

石村は風俗店の無料案内所に入った。店員は石村を見て驚き、頭を下げる。

「石村さん、何か御用で？」

「トイレ借りるぞ」

「どうぞどうぞ」

店員は愛想笑いを浮かべ、腰を低くして、トイレに案内する。

「俺のあとに入ってきたヤツは、サツだ。適当にあしらっとけ」

「わかりました」

店員の返事を聞き、トイレに入った。

鍵を閉め、スマホを取り出す。着信履歴には、岸辺の名が残っていた。

「あのバカ。何、電話してきてやがんだ」

画面を睨む。

仕方なく、折り返す。すぐに岸辺が電話に出た。

「バカやろう！　電話してくんなと言ってんだろうが！」

小声で怒鳴る。

――すみません。ですが、なんかこのところ、変な連中がうろうろしてまして、ブツを換金できないんですよ。

「そりゃ、サツだ」

石村が言うと、電話の先で岸辺が声を詰まらせた。

――バレたんですか？

「わからねえが、俺もずっと張られてる。ブツはどうした？」

――まだ、店に保管してます。

「やべえな……」

石村の顔が険しくなる。

――持ち出しますか？

「おまえが持ってりゃ、一発で持っていかれんだろうが」

――いや、ちょっと考えがあるんですよ。

「どうすんだ？」

石村が訊く。

岸辺はつらつらと考えを話した。

「そいつら、信用できんのか？」

――わかりませんが、完全に俺らとは関係ねえヤツなんで、持ち出しはできます。さすがにサツも客は疑わないでしょう。

「試してみるか」

石村はつぶやくように返事をした。

3

遠藤と久保井は次の日の夜待ち合わせて、先日立ち寄った岸辺の根城に行った。

店には十人程度の男性客がいた。ダーツを楽しんだり、カウンターの端で女の子と話し込んだりしている。

が、その中に、若干雰囲気の異なる男が二人くらい交ざっていた。

「いらっしゃいませ。初めてですか？」

入口でバニーガールが声をかける。

「いえ、先日も来たんですよ」

「そうですか。システムの説明は大丈夫ですね？」

「はいはい」

久保井が笑顔を見せた。

「では、こちらへどうぞ」

カウンター席に案内される。怪しい男二人組とは、客を一人置いて、離れていた。

入口で相手をしたバニーガールがカウンターに入り、久保井たちの前に立つ。

「お飲み物、何になさいますか？」

「俺はビール」

遠藤が言う。

「オレはジンライムもらおうかな。君も飲んで」

「ありがとうございまーす」

バニーガールは笑顔で厨房に入っていった。

少しすると、バニーガールの代わりに、早苗が出てきた。

「いらっしゃい」

妖艶な笑顔を向け、二人が頼んだものをカウンターに置いた。

「あ、どうも」

久保井が笑顔を向ける。

「さっきの子、ご指名かかっちゃって。今日も私が相手でごめんなさいね」

「いえいえ、早苗さんなら喜んで。どうぞ、一杯」

「ありがとうございます」

早苗が厨房を見る。バニーガールがうなずき、まもなく、ブランデーの水割りを持って来る。

「では、乾杯」

遠藤がグラスを掲げた。

久保井と早苗がグラスを持ち上げ、一口飲んだ。

「今日、オーナーは？」

遠藤がさりげなく訊く。

奥にいた男たちの視線が少し、遠藤たちに向いた。

「今日は来ないかしらね」

「そりゃ残念。まあ、また来ればいいか」

久保井が笑う。

「そうしてください。あ、そうだ」

　早苗がグラスを置いた。

「今度、新しい形態のお店を開くので、モニターをお願いしているんですけど、お二人、お願いできないかしら」

「俺らでいいんですか？」

　遠藤が早苗を見上げる。

「はい。お二人が来たらお願いしようと思っていたんですよ。安全安心なお店に映るかどうか、見ていただきたくて」

「こないだの話が効いちまったみたいだな」

　久保井が苦笑する。

「いえ。ああいう感覚は、一般のお客様なら抱いて当たり前のものです。それを口にできるというのは素敵なことだと思います。なので、お願いできればと」

「わかりました。行ってみます。どちらですか？」

「あ、私も行きますので。ちょっと待っててください」

　早苗は奥へ引っ込んだ。

「どこに行くのかな？」

久保井が顔を寄せ、遠藤越しに、怪しい男二人をちらっと見やる。

「系列店だろ。いい店だったら、みんなを連れて行ってやろう」

「そうだな」

世間話を気取りつつ、グラスを傾ける。

怪しい男たちはちらちらと遠藤たちを見ていた。

店のドアが開いた。スカジャンを着た金髪の若い男とスエットのパーカーを着た男が入ってきた。二人ともガラが悪い。

男たちの目が、そちらに向いた。久保井と遠藤は目を合わせて微笑んだ。

「じゃあ、シェリーちゃん、あとはお願いね」

早苗が出てきた。

大きめのショルダーバッグを肩にかけ、カウンターから出てくる。

「行きましょうか」

早苗に言われる。

「会計は？」

遠藤が訊いた。

「モニターをしていただくので、ここは大丈夫ですよ」

「いや、それは――」

「いえ、逆にいただく方が申し訳ないので」

「そうですか。では、ご馳走《ちそう》さんです」

遠藤が言って立ち上がる。久保井も席を立った。

怪しい男たちはちらりと遠藤たちを見たが、すぐその目をガラの悪い若者たちに向けた。

店を出る。

「ありゃあ、これだな」

久保井は左手で〝4〟を出した。四課というサインだ。遠藤がうなずく。

早苗は靖国通りに出た。すると、手を上げて、タクシーを停めた。

「新宿じゃないんですか?」

遠藤が訊く。

「そうなの。渋谷の方なんだけど。乗って」

早苗が遠藤と久保井を先に乗せる。

早苗も乗ろうと、バッグをシートに置いて半分体を入れた時、ポケットのスマートフォンが鳴った。

足を止めて、電話に出る。

「もしもし、うん……うん、わかった。ちょっと待って」

早苗はポケットから名刺を出し、運転手に差し出した。

「運転手さん、お二人をここへ連れて行ってあげてください」

名刺を渡し、手前の久保井を見る。

「ちょっとお店のことで話があるので、先に行っていてください」

「待ってますよ」

「時間かかるかもなので。バッグ、持って行ってください。女の子にすぐに渡さなきゃいけないものもあるので。私はこれで大丈夫なので。あとで連絡を入れておきますから」

自分のスマホを指でさす。

「じゃあ、先に行ってますね」

「お願いします」

早苗は車から少し離れて、スマートフォンを耳に当てた。

運転手が住所をナビに入れた。タクシーが動き始める。

「運転手さん、行き先はどこになってますか？」

遠藤が訊く。

「宇田川町《うだがわちょう》ですね。初めて行くところですか？」

「はい、二人とも」

「じゃあ、ビルの前まで行きますね」

そう言い、運転手が車を走らせる。

「今度は渋谷に進出ってわけか？」

久保井が言う。

「景気のいいことだな」

遠藤が笑った。

一応、車内でも一般人を気取る。

明治通りを南下し、神宮通りに入って、公園通りへ右折して進む。渋谷駅が近づくにつれ、人が多くなる。

タクシーはペンギン通りを少し入ったところで停車した。二十分ほどの道程だ。

「このビルの五階ですね」

運転手が指をさす。

「なんという店ですか？」

「聞いていないんですか？」

「そうなんですよ、うっかり」

久保井が苦笑する。と、運転手が早苗が渡した名刺を久保井に差し出した。

「どうぞ、お持ちください」

「すみません」

久保井が名刺を見る。〈ルシア〉という店名が書かれている。

遠藤が三千円ちょっとのタクシー代を払った。

「レシートもらえますか」

「はい。お待ちください」

精算しながら、後部ドアを開ける。

久保井が先に降りた。早苗のバッグを手に取る。持ち上げると、ずしりとした重みを感じた。

遠藤も出てくる。タクシーは二人を降ろして、その場を去った。

「遠藤。やけに重いぞ、こいつ」

久保井がバッグを少し掲げた。

「女のバッグは重いもんだ」

遠藤は周囲を見た。自分たちへの尾行はない。

「とにかく、行ってみるか」

遠藤が促す。

「そうだな」

久保井が先にビル内に入った。遠藤が続いた。

外観はレンガ張りの瀟洒《しょうしゃ》な風情だったが、中は古かった。エレベーターホールまでの通路は薄暗く、エレベータードアも錆《さび》が浮いている。

ボタンを押す。ボタンの上にはフロアの案内板があるが、一つも札がない。ルシアの札もない。まるで、廃ビルだった。

エレベーターが音を立てて止まり、ドアが開く。広い箱ではあるが、中の装飾に使っている電球は光っていなかった。

「ルシアなんて、よく言ったもんだな」

久保井が失笑する。

ルシアはスペイン語で〝光〟を意味する。しかし、建物内に光はなかった。

エレベーターに乗り込み、五階へ向かう。

「連中、このビルを改装して、本拠地に使うつもりか?」

久保井が言った。

「さあ、どうだろうな」

遠藤の顔つきが厳しくなってくる。

新規出店というには違和感のある場所だ。久保井の顔も気がつけば険しくなっていた。

五階に着いた。フロアに降りる。いくつかの看板が出ているが、どこも店名は入っていない。

奥の一つだけ、ポツンと光っている。ルシアと記されていた。

周りを警戒しながら、奥へ進む。そして、ルシアの前で立ち止まった。

ドアノブに手をかける。ドアは閉まっている。横にインターホンがあった。

「秘密クラブかよ」

久保井がこぼす。

遠藤は笑い、インターホンを押した。

――どちらさまですか？

男の声が聞こえてきた。

「早苗さんに、ここへ来るように言われたんですが」

――伺っています。少々お待ちください。

男が言う。と、カチッとロックの外れる音がした。ドアが中から押し開かれる。遠藤と久保井は少し下がった。

白いワイシャツに黒いベストとスラックス、蝶ネクタイをした男が出てきた。黒髪の背の高い男だ。

「お待ちしておりました。どうぞ」

黒服が促す。

遠藤と久保井は一般人を装い、おどおどと中へ入った。

「これ、早苗さんから預かってきたんですけど」

バッグを差し出す。

「早苗さんがお席へ到着するまで、持っておいてください。こちらへ」

奥へ案内される。

店内にはワインレッドのビロードソファーが設《しつら》えられたボックス席が点々としていた。

通路は広いが、ボックス席は背の低い壁や観葉植物で仕切られている。

照明は薄暗く、隣席の様子がうっすらと見える程度だ。

飲み屋というより、ヘルス店のようだった。客も女の子もいない。

「ここ、やってるんですか?」

久保井が訊く。

「まだ、開店前なんです。うちは、夜遅いお客様が多いので、午後十時からにしているんですよ」

黒服は淀みなく答えた。

奥へ奥へと案内され、最奥のボックス席まで連れて行かれた。

「こちらでお待ちを」

黒服が手で指す。

久保井と遠藤は並んで座った。腰を下ろすと、ボックス内はますます暗い。テーブルのろうそくの炎だけが光り揺れる。

二人は落ち着かない様子で、きょろきょろとした。

「お飲み物は？」

「あ、いえ、けっこう――」

久保井が答えようとすると、大きな黒い影が差した。

「ウイスキーをボトルごと持ってこい。グラス三つな」

「かしこまりました」

黒服が一礼して下がる。

大柄の男がボックス席へ入ってきた。

遠藤と久保井は目を見開いた。

入ってきたのは、石村だった。大森の命令を聞いて、メンバー全員、一応、夕凪会の幹部の顔は確認していた。

二人して、怯えたように背を丸めて、肩をすくめた。

石村は対面のソファーにドカッと腰を下ろした。背もたれに両肘をひっかけ、胸を張って仰《の》け反《ぞ》る。

「おい、そっちのガタイのいい方」

久保井がちらっと顔を上げ、自分を指さす。

「そうだ。名前は？」

「さ……佐藤と言います」

「佐藤か。そっちは？」

遠藤に目を向ける。

「杉山です」

小声で答える。

「佐藤に杉山な。俺は石村だ」

野太い声で言われ、二人はへこへこと頭を下げた。

「佐藤、そのバッグの中身をテーブルに出せ」

「いや、これは、早苗さんので……」

「いいんだよ。出せ、こら」

睨む。

久保井は戸惑った様子を見せながら、バッグをテーブルに置いた。ファスナーを開き、中を見る。

久保井の表情が強ばった。

「これは……」

「早く出せ」

石村が命令する。

久保井は仕方なくといった感じで、中身をつかみ、テーブルに出していった。

それを見て、遠藤も驚いたように目を見開く。

久保井が出していたのは、宝石や時計だった。次から次に出てくる。石村は、その様子をにやにやしながら見ている。

バッグの底にあった指輪を置くと、ようやく中身が空になった。

「けっこう運べたな。おい、おまえら。これ、なんだか知ってるか?」

「いえ……」

口ごもり、お互いの顔を見合う。

「強盗でぶん取ってきた宝石だ」

石村が言った。

久保井と遠藤は驚きを顔中に浮かべ、石村を見つめた。

「近頃、あちこちで強盗事件があっただろう。あれは、俺の部下がやったことだ。で、それが、その強盗で奪った品ってわけだ」

石村が得意げに話す。

「どういうものかわかったな？」

石村が身を乗り出した。

二人がうつむこうとする。

「わかったな」

声が威嚇してくる。

久保井と遠藤は首を縦に振った。

「おい、聞いてたな？」

石村が上体を起こし、通路側を見た。ボトルとグラスを載せたトレーを持った黒服が立っていた。

「はい、たしかに」

黒服がにやりとする。

「つまり、おまえらは強盗で奪った宝石や時計を運んできたというわけだ。この事実は重いなあ。強盗に加担したということだからな」

「いや、ちょっと待ってください。オレらは何も知らなかったし――」

「俺が捕まったら、おまえらのこと、ぺらぺらと話しちまうぞ。俺の一番の部下で、盗品の運搬を仕切ってたってな」

「そんな……」

久保井が眉尻を下げた。遠藤もうつむく。

石村が黒服と顔を見合わせ、ほくそ笑んだ。

「まあしかしよ。強盗はしばらくやらねえ。今、あちこちに置いてある宝石や時計を回収したら、おまえらも解放してやる。報酬もあるぞ。今日の分だ」

石村が右手を上げた。

黒服が懐から封筒を取り出し、二人の前に置いた。

「受け取れ」

「いや、これは……」

久保井が困惑した表情を覗かせる。

「おいおい、おまえら、自分らの置かれた状況をわかってんのか？　これらの出所を知っちまったんだ。無事に帰れると思ってんのか？」

石村が言う。

入口の方でガサゴソと音がした。他の仲間が集まっているということだろう。

遠藤と久保井はうつむけた顔を傾けて、目を合わせ、うなずいた。

久保井が封筒を取る。そして、中を出してみた。

「えっ、こんなに」

一万円札が五十枚はある。

「運ぶたびに、おまえらに五十万の報酬をやる。断われば、海の底だ。どっちにする？」

石村が下卑《げび》た笑みを滲ませる。

「……やらせてもらいます」

久保井が答えた。

「俺も……」

遠藤も答える。

一般人がこの状況に置かれたら、断わるとか暴れるといった選択肢はない。

「話がわかるヤツは俺も嫌いじゃねえ。身分証を出せ」

石村が命じる。

「あ、いや、持ってないんですよ」

久保井が答えた。

「そんなわけねえだろ！」

恫喝《どうかつ》する。

久保井と遠藤はびくっとして肩をすくませた。

「本当なんです！　以前、歌舞伎町で二人してぼったくられたことがあって、歌舞伎町に出かける時は身分証を持たないようにしているんです」

「早苗さんが、こいつらぼったくられたことがあると言っていましたよ」

黒服が石村に言う。思わぬ助け舟となった。

「情けねえヤツらだな。まあ、いい。あとで、こいつらの勤め先と住処《すみか》を押さえとけ」

石村は立ち上がり、久保井と遠藤の席に来た。真ん中に割り込んで座る。

石村が二人の肩を抱いて、引き寄せた。

黒服が入口の方を見た。店内が明るくなる。黒服はスマホを構えた。

「ほら、おまえら、顔を上げて笑え」

石村が後頭部の髪を引っ張る。二人の顔が上がる。

「ほら、笑え！」

石村に命令され、二人は無理やり笑みを浮かべた。

黒服はテーブルの宝石と封筒からはみ出た一万円札の束を枠に入れ、三人が肩を寄せている写真を数枚撮った。

「これでいい。おまえらが裏切ったら、ＳＮＳでこれを流す。俺はヤクザだ。こいつを流されりゃあ、おまえら立派な反社会的勢力との密接交際者になる。シャバでまともに生きられなくなるぞ」

そう言って大声で笑い、ウイスキーのボトルを開け、グラスに注いだ。

久保井と遠藤に無理やり渡す。

その様子も黒服が撮っている。

「まあ、ちょっとだけ手伝ってくれりゃあ、いい小遣い稼ぎになる。気楽にやれ」

石村はウイスキーを麦茶のように呷った。

遠藤と久保井は顔を見合わせ、小さく微笑んだ。

4

璃乃は京王線桜上水《さくらじょうすい》駅に降り立った。狭い道を南へ下っていくと、大学のグラウンドが見えてきて、空間が広がる。

グラウンドの周辺は、マンションや戸建てが立ち並ぶ閑静な住宅街だった。

璃乃はグラウンド北側に面したマンションの駐車場に入った。広めの駐車場には3ナンバーの高級車が並ぶ。

その中に、青いコンパクトカーがあった。人気の国産車種で5ナンバーなので、世田谷地域の狭い道路では使い勝手がいい。

璃乃はナンバーを見て、うなずいた。

この車が、強盗犯の逃走経路調査に使われた盗難車だった。

駐車場全体を見てみる。

マンションに囲まれた中庭のような場所にあるが、車の出入口は開放されていて、住民だけでなく、通行人もたやすく入ることができる空間だ。

また、見上げると、各部屋のドアは見えるが、外廊下の壁は大人の背丈ほどあり、目隠しとなっている。

防犯カメラは、駐車場の四隅と出入口付近、計五カ所に設置されていた。間違ってはいないが、カメラも気にせず盗もうとする者には、あまり意味を成さない防犯設備だった。

事実、コンパクトカーを盗み出した黒服の人物二人組は、まだ捕まっていない。

現場へ来てみると、疑問が浮かぶ。

窃盗犯は、これだけ高級車がひしめく駐車場で、わざわざ大衆車を選んで盗んでいる。目的が逃走経路のロケハンということであれば、それは的確な選択ではあるが、自動車窃盗を繰り返している者なら、ロケハンに使用した後、売却することも考えるだろう。であれば、そこそこの高級車を盗む選択をする。

つまり、コンパクトカーを盗んだ者は、車自体に興味のない者という推論が立つ。

璃乃は盗難に遭ったコンパクトカーに近づいた。

窓から中を覗く。窃盗犯の中には、オーディオやナビなどを盗んで売りさばく者もいる。二課からの報告に、盗難車の装備品が売られたという話はなかったが、もしかしたらと思い、覗いてみる。

だが、カーナビもハンドルまわりも荒らされた形跡はない。

車の周りを歩き、タイヤのホイールやマフラー、ナンバープレートも見てみる。ナットに傷はない。

また、窓から中を覗き込む。

と、背後から何者かが近づいてきた。窓にうっすらと男の影が映る。

「何をしてるんだ？」

声をかけられ、振り向いた。

スーツを着た若いサラリーマンふうの男が立っていた。

「あ、すみません」

璃乃は笑顔を向けた。

「あなたの車ですか？」

「そうだけど」

男は睨んでいる。

「友達の車と似ていたんで、つい見てしまって」

首を傾け、少し肩をすくめる。

男の顔がほんのりと綻《ほころ》ぶ。

璃乃は、男の顔を知っていた。

結城《ゆう》聡《きさとし》、二十七歳。盗難された青色コンパクトカーの持ち主だ。

「お友達は、ここに住んでいるんですか?」

「いえ、この近くなんですけど、似ていたんで、ここに来てるのかなあと思って。勘違いでした。すみません」

璃乃が頭を下げる。

「いえ、それだったらいいんですけど」

「不愉快な思いをさせてしまったみたいで……」

頭を上げた時、少し流し目を送る。

結城がちょっとにやけた。

「あ、いえ。実は一度、車の盗難に遭ってしまったもので」

「えっ! そうだったんですか!」

指を開いた右手のひらを口に当てて、大きく両目を見開く。

「怖いですねー」

「まったくです。自分が盗難の被害者になるとは思いもしませんでした」

結城が普通に話す。

「ここ、セキュリティーとかないんですか?」

駐車場を見回す。

「防犯カメラはありますけど、自動車を盗むような人たちにはあまり関係ないんですかね。まあ、無傷で戻ってきたのでよかったですけど」

「無傷でってことは、この車ですか?」

璃乃がコンパクトカーを見やる。

「ええ。内装には少しだけこだわっていたので、ホッとしました」

結城はそう言い、スマートキーでドアロックを解除した。

「あ、お出かけなんですね。お時間取らせちゃって、すみませんでした」

「いえいえ。お友達にも気をつけるように伝えておいてください」

「そうします」

璃乃は車から離れた。

結城は車に乗り込み、璃乃に会釈すると、そのまま駐車場を出て走り去った。

「無傷ねえ」

璃乃は車の残像を見据えた。

5

風間と愛子は、神原の指示で新宿三丁目に来ていた。

昼間、昼食を摂りに来た近隣のサラリーマンや早くから開けている飲酒できる飲食店に出入りする客などで賑わっている。

二人はスタンディングバーで軽食を摂るふりをしつつ、斜め向かいにあるビルをちらちらと見ていた。

風間は主にビルの入口、愛子はその周辺に時折目を向ける。

「それらしいの、いる？」

風間は親しい女性に語りかけるような口調で訊く。

愛子はサラダを少し口に運び、世間話のように返す。

「向かって右の角に一人。私の後ろ二つ目のテーブルでビールを飲んでいる男が一人」

サラダを飲み込んで、水を含む。

風間は風景を見るようなふりをして、周辺に目を向けた。

ビルの右角に、スマホを持って立っているジージャンの男がいる。男はスマホの画面を見ながら、ちらちらとビルの入口や周辺に目を配っている。

愛子の後ろ二つ目の席にいるワイシャツにスラックスの男は、ビールを飲みながら、やはりビルの入口や周りをちょこちょこと見回していた。

風間は愛子の後ろの男、愛子はビル右角の男を注視した。

神原から、久保井と遠藤が石村に嵌められ、盗品の運び屋をさせられているとの連絡を受けた。

神原は大森を通じて関係各所に連絡を取り、各課との擦《す》り合わせの結果、久保井と遠藤に運び屋をさせ、石村を泳がせることにした。

そして、石村たちに顔が割れていない可能性の高い逮捕特科の風間と愛子が、久保井と遠藤の動きを見張り、石村や岸辺と関係していそうな者を洗い出すこととなった。

久保井たちが嵌められるきっかけとなったガールズバーや複数あるらしき石村が関係する店舗は、組対二課と四課が合同で調べている。

「いけるか？」

風間が訊く。

愛子は首肯し、スマートフォンを出した。料理や店の風景を撮るふりをして、男たちの容姿をカメラに収める。それをすぐ、神原に送った。

送った画像はすぐ、笹本が分析することになっている。

「出てきました」

愛子が小声で言う。

風間は少し首を傾け、肩越しにビルの入口を見た。

バッグを抱えた久保井と遠藤がビルから出てきた。周りを何度も見回し、早歩きで近くの地下鉄の駅へ向かう階段を下りていく。

ビルの右角にいた男と愛子の後ろの席にいた男が同時に動き出した。久保井たちの後を追っている。

風間と愛子はうなずき合い、久保井たち、それと男たちを追った。

6

遠藤と久保井は地下通路を歩いて、ＪＲ新宿駅から山手線に乗り、渋谷へ行った。

終始、おどおどと周りを気にする演技をしながら、渋谷駅を出て、ペンギン通り沿いにあるビルへ入っていく。

ルシアの明かりは消えているが、ドアをノックするとすぐに開いた。

「入れ」

黒服は二人を中へ入れると、周りを見て、すばやくドアを閉め、ロックをかけた。

奥に進むと、石村が待っていた。ソファーに仰け反り、ボトルをつかんで昼間からウイスキーを呷っている。

「おう、ご苦労さん」

下卑た笑顔を向ける。

「まあ、座れ」

石村に言われ、久保井と遠藤は向かいのソファーに浅く腰を下ろした。

「確かめろ」

石村が黒服を見やる。

黒服は、二人からバッグをひったくり、ファスナーを開け、中身を確認した。

石村を見て、うなずく。

「よくやった。ほら」

手元に置いてあった茶封筒をテーブルに投げる。

遠藤が手に取り、中身を見る。一万円札の束が入っていた。

「ありがとうございます」

頭を下げ、上着の内ポケットに入れる。久保井も頭を下げた。

「いいってことよ。俺は、しっかり仕事するヤツにはちゃんと報酬を払う。そこいらのチンピラじゃねえから、安心しろ」

石村は胸を張った。

「しかし、驚いたな。おまえらみたいなボンクラが、大手通信会社のエンジニアだとはな」

石村が言う。

久保井と遠藤の話を聞いた神原は、装備課に連絡を入れ、彼らが名乗った偽名の運転免許証と社員証を作り、刑事企画課を通して、大手通信会社に協力を要請した。

名刺にはその大手通信会社の会社名と住所が入っているが、電話番号だけは総務課に通じることになっていて、電話を受けた女性警察官が通信会社の総務を気取って返答するようにしてある。

万が一、その通信会社に石村の手下が現われた時は、受付で社員だと言ってもらうようにしていた。

久保井たちに身分証と名刺を渡してすぐ、予想通り、石村の手下から電話がかかってきた。

総務課の女性警察官は打ち合わせ通りに答えた。

大手通信会社にもスーツ姿の者がやってきたという。そちらでも、予定通り、受付が在籍しているが不在だと告げると帰っていき、それ以降、来ていないとのことだった。

神原からそれらの報告を受けた久保井と遠藤は、久保井が佐藤浩平《こうへい》、遠藤が杉山守《まもる》という名前で、石村のところに出入りしていた。

二人の住まいは、急きょ不動産屋と掛け合い、複数の部屋が空いているアパートを借り、社員寮ということにして同じ住所にした。

二人の部屋があることはもちろん、他の空き部屋には私服警察官を配置していた。

「住まいも調べさせた。ぼろっちいアパートに住んでんだな、おまえら」

石村が鼻で笑う。

「社員寮なんですよ。エンジニアと言っても、給料は安いんで、あまり住まいに金をかけられないんですよ」

久保井が苦笑する。

「日本の企業も冴えねえなあ。転職すりゃあ、もっといいところがあるんじゃねえのか？」

石村の問いに、遠藤が答える。

「それも考えてたんですけど、給料のいいところは拘束時間が長いし、残業がなくて給料のいいところは福利厚生がなかったり、成果給だったりするんで、条件的には今のところの方がまだましなんですよ」

それらしく話すと、石村がさもわかったように何度もうなずいた。

「サラリーマンは奴隷だよな。おまえら、腹立たねえのか？」

「そりゃあ、思うところはありますけど、何を言っても仕方ないところもありますし」

遠藤が弱気にうなだれてみせる。

と、石村がにやりとした。

「おまえら、金欲しくねえか？」

太腿に左肘をついて身を乗り出し、濁った眼で二人を交互に見やる。

「そりゃあ、欲しいですけど……」

遠藤が戸惑ったように久保井と目を合わせる。久保井も困惑の表情を覗かせた。

「本腰入れて、俺らの仕事を手伝わねえか？」

石村が切り出す。

二人は顔をひきつらせた。

「強盗……するんですか？」

久保井が声を震わせる。

「そんなのは、バイトに応募してくる駒に任せときゃいいんだよ。おまえらは、駒とは違う。もっと稼げる仕事をしてほしい」

「稼げる仕事とは？」

遠藤が訊く。

「おまえらのところの顧客データとスマホのＳＩＭカードを手に入れてくれねえか？」

「いや、それは……」

躊躇して見せる。

「顧客データ、一人百円で買い取ってやる。百万人分持ってくりゃあ、一億になる。ＳＩＭカードは一枚十万で買ってやる。百枚持ってくりゃ、一千万だ。悪い小遣いじゃねえと思うけどな」

「それはそうですけど……」

遠藤がちらりと久保井を見る。

二人が煮え切らないのを見て、石村はさらに畳みかけた。

「小銭を稼ぎたけりゃ、おまえらが持ってきた宝石の換金を手伝ってくれねえか？」

「盗んだ物を売るんですか？」

久保井が訊く。

「当たり前だろ。金に換えなきゃ、盗んでも意味がねえ。おまえらは身元がしっかりしてるから、どこでも換金できる。取り分は、換金した分の一パーセント。いい品が多いから、全部換金できりゃ、おまえら一人ずつ、五百万くらいの小遣いにはなるぞ」

〝小遣い〟という言葉を強調する。

少しでも罪悪感を減らすためだろうか、刺激の少ない言葉に置き換えている。金が欲しい者たちは、こうした言葉に騙されるのだろう。

「まあ、それぐらいなら……。なあ」

久保井は遠藤を見た。遠藤が逡巡しながらうなずく様子を見せた。

「よし、決まりだ。データとかＳＩＭカードの件は、考えとけ。いつでも買い取るからよ」

石村はパンと太腿を叩いた。

「おい！　酒持ってこい！」

「いや、僕らはこれから、仕事があるので」

遠藤が言う。

「今日は休んじまえ。今後の打ち合わせもあるからよ」

石村が笑いながら睨む。一般人なら、これで動けなくなるだろう。

遠藤と久保井は顔を見合わせ、うなずき、石村に従うことにした。

7

璃乃がドスドスと足を踏み鳴らし、逮捕特科の部屋へ戻ってきた。乱暴にドアを開け、閉めもせず、神原のデスクに歩み寄る。

「おう、おかえり。どうだった？」

笑顔を向ける。

璃乃は神原を睨みつけ、デスクを両手のひらでバンと叩いた。

分析作業をしていた笹本の肩がびくっと震えた。

「兄さん！　なんで、遠藤さんたちが石村のところに入り込んでいることを教えてくれなかったの！」

璃乃が怒鳴る。

「おまえにはおまえの捜査がある。今、こっちは手が足りているから、報せなかっただけだ」

「報せといてくれないと、すぐに動けないでしょ！　私を外すつもり？」

「そんなことはない。勝手に邪推して怒鳴るな」

神原が下から睨む。

璃乃は納得いかない顔で睨み返したが、一つ深呼吸をし、上体を起こした。

「すみませんでした、チーフ」

頭を下げる。

「以後、気を付けろ。盗難車はどうだった？」

神原が訊いた。

「結城と接触しました」

「わざわざ、訪ねたのか？」

「いえ、駐車場で車を見ていたら、声をかけられて」

璃乃が説明をする。

「そうか。なら、仕方ないな」

「身分を明かさず、少し話を聞いたんですが、車は無傷で返ってきたそうです。ナビやオーディオ、ホイールやマフラーなどはオプション品のようだったにもかかわらず、無傷というのは、やはり変ですね」

璃乃が感じたことを話す。

「それと、コンパクトカーを停めてある駐車場には、高級車がひしめいていました。防犯カメラも五基設置されています。駐車場には入りやすいのですが、わざわざ入り込んで盗む場所でもない気がしました。個人宅の車の方が足がつかないように盗めるでしょうし」

　璃乃は一息ついて、話を続けた。

「念のため、マンション住人の何人かに話を聞いてみたんですが、結城の車が盗まれた時、セキュリティーアラームのようなものが鳴ったということもなかったそうです」

「なるほどな。やはり、結城は、ロケハンした男女二人組と結託している可能性があるな」

「結城がその男女とグルだとすれば、石村や岸辺ともつながっているということでしょうか？」

「おそらくな。ただ、結城がどういう役割を果たしているのかがわからない。なんらかの理由で、車を貸しただけかもしれんし。笹本」

「はい」

　呼ばれ、笹本が自席から神原に顔を向けた。

「結城のプロフィールはそこにあるか？」

「ありますよ。転送します」

笹本がパソコンで作業を始める。

璃乃は自分のデスクに戻ってノートパソコンを取ってきた。

空いた椅子を引き寄せ、神原の向かいに座って、デスクにノートパソコンを置いて起動する。

結城の顔写真入りのプロフィールが送られてきた。ＰＤＦファイルを開く。

結城聡は、時間貸し駐車場会社のシステム管理者だった。各所に設置した自社の駐車場に停められている車の情報と出庫状況を確認する役割だ。

時間貸し駐車場の大きな問題は、料金の踏み倒しと車の放置だ。どちらも収益を毀損する許されざる行為である。

結城はシステムの管理をしながら、時に、踏み倒した運転手への料金の取り立て、放置車両の持ち主への撤去費用請求なども行なっている。

社内では優秀な社員と評されていて、面倒な案件については、最後の砦《とりで》のような人物として扱われていた。

一方で、ちょっとした噂も立っている。

結城が、未払い金の回収や放置車両の撤去、費用回収がスラスラとできるのは、反社会的勢力の力を借りているからだ、という噂だ。

それは、結城の強引な取り立てを訴えるユーザーが複数いたからだそうだ。

ガラの悪い男たちを引き連れて、脅すような態度で未回収金を徴収したという。中には、消費者金融で借金させられてまで回収された者もいたそうだ。

一応、会社側は結城の身辺調査をしたそうだが、結城がそうした反社勢力と関わりがあるという確証は得られなかった。

会社側にしてみれば、少々難があろうと、未回収金をきっちりと取ってくる結城の存在はありがたい。

しかし、ここで疑問が残る。

結城の立場なら、ロケハンに使う車は、自社の駐車場に放置してある車を使わせてもよかったのではないか。

自分の車を使わせれば、しかも、ナンバープレートも換えていなければ、いずれ結城の下に警察が訪れることは明白だ。無駄なリスクともいえる。

「璃乃。おまえはそのまま結城に接触して、結城の周辺をあたってくれ。どうも、こいつはきなくさい」

「遠藤さんたちの方は？」

「それは、こっちで引き受けるし、二課と四課も動いている。手は足りている。今のところ、他が追っていないのは結城だけだ。他の手が回らないところを補うのも、うちの役割だからな」

「わかりました」

璃乃は少し肩を落として、ノートパソコンを取り、自席へ戻った。

「チーフ。桃崎さんが送ってきた男の一人の身元が判明しました。簡単なデータを送ります」

笹本が言い、キーボードを叩く。

まもなく、テキストデータと写真データが送られてきた。

璃乃も一斉送信されたデータを開く。

判明したのは、ジージャンを着た男の方だった。

早坂純《はやさかじゅん》という二十二歳の男だ。池袋を根城にしていた半グレ組織の幹部で、他にも恐喝や婦女暴行など、複数の罪に問われていた過去がある。

十代の頃、実刑を受けて少年刑務所を出てからは、組織には戻らず、行方も知れていなかった。

「ほお、なかなかの経歴だな」

神原は、童顔に無理やり髭を生やしたような早坂の顔写真を見つめた。

現在は、新宿の外れにあるマンションに住んでいる。そのマンション名を見て、神原の眦《まなじり》がぴくっと揺れた。

「北新宿の成戸《なると》マンションといえば、ヤクザマンションじゃないか」

「そうですね」

笹本が答える。

成戸マンションは、七階建ての高級マンションだった。が、新宿を根城とする暴力団員が複数入ってきたため、一般の住人が転居し続け、空いた部屋に他の暴力団員が入り込み、気がつけば、ヤクザの巣窟となってしまった場所だった。

今、住んでいるのは、ほとんどが暴力団関係者で、組織も違う者たちがひしめいているせいか、暴力沙汰も絶えない。

石村が所属する夕凪会の組員も住んでいる。

「早坂は、夕凪の人間ってこと？」

璃乃が訊く。

「いえ、そこまでは判明していません。一応、四課のデータベースで検索してみたんですが、構成員、準構成員リストに名前はありませんでした」

「しかし、なんらかの関係がなければ、あのマンションには住めない。笹本、もう一人の男の身元はわかっていないのか？」

「調べていますが、まだ出てきませんね」

「そうか」

神原が立ち上がった。

「どこに行くの？」

璃乃が神原を見やる。

「ちょっと調べてくる。成戸マンションのことに詳しい奴がいるんでな」

「じゃあ、私も――」

「おまえは結城の調査に専念しろ。笹本、他から連絡が入ったら、部長に指示を仰いでくれ」

「わかりました」

笹本が首肯する。

神原は辛子色のブルゾンを取って、部屋を出た。

第4章

1

神原は新宿に赴いた。陽は高いが、街には人があふれている。

歌舞伎町一番街を北へ進み、ゴジラのオブジェで有名なＴＯＨＯシネマズ新宿の脇を通って、花道通りを越える。

花道通りの先は飲食店とラブホテルがひしめく地域だ。シネシティ広場までのにぎやかな雰囲気とは違い、どことなく妖《あや》しげで陰々とした空気に包まれる。

通りには、時折人影が現われては消える。男女のカップルだが、相応の年頃のカップルもいれば、あきらかに不自然な組み合わせの男女もいる。

神原はそうしたカップルを横目に見つつ、ホテル街を歩いた。

路地を覗く。と、若い男を捕まえて、顔を寄せ、声をかけている男を見つけた。くたびれたスーツを着た、白髪交じりの頭の猫背の大柄な男だ。

神原は男に近づいた。右頰に十字の傷がある。

声をかけられていた若い男は、今にも泣きだしそうな顔をして、蒼ざめていた。

「にーちゃんも、いい思いしたいだろ？　安くするからよお」

「出てくるのはババアじゃねえか」

神原が背後から声をかけた。

「あ？」

男が背筋を伸ばして振り返る。眉間に皺を寄せ、睨んだが、相手が神原と認めたとたん、眉尻が下がった。

「神原のダンナ」

笑みが引きつる。

神原は若い男を見た。

「花道通りから奥に入って来ちゃいけない。このあたりはまだ、昔の新宿が残っている。粋がって練り歩いていると、ケツの毛まで毟《むし》られるぞ。駅の方へ戻れ。二度と来るな」

神原が言うと、若い男は何度もうなずき、走ってその場から去った。

「まだ、つまらねえポン引きやってんのか、中島《なかじま》」

男を見やる。

男は中島保夫《やすお》という、元暴力団幹部だ。かつては武闘派で鳴らし、新宿のみならず、都内ではそこそこ名の知られたヤクザだった。

が、反目する組の下っ端に刺された頃からツキを失った。背中を刺された中島は運悪く、神経を傷つけてしまい、右脚に軽い麻痺が残った。

中島が入院している最中に、構えていた組を急襲された。

当然、中島は報復をするつもりだったが、入院中に逮捕され、そのまま複数の罪状で実刑を受け、刑務所へ入った。

出てくる頃には、中島の組は跡形もなくなっていた。

中島は組の解散を宣言し、以降、一人でふらふらしながら、時々、客引きのようなことをしては日銭を稼いでいる。

当初、出所後に新宿へ戻ってきた中島を、数々の組織が警戒していたが、右脚を引きずる中島を見て、脅威はなくなったと判断した。

本来なら、新宿からも追い出されるところだ。が、裏社会の人間たちは、昔ほどではないにしても、中島自身の地力は知っているので、トラブルを起こしたくなかった。

そこで、各組織の頭が話し合い、中島が新宿界隈でちょこちょこ稼ぐ分には、目をつむることになった。

「中島、そろそろ新宿から出てもいいんじゃないか?」

「ダンナも知ってんでしょう。俺はこの街しか知らねえ。名前は売れてたが、ここが俺の根城であることには変わりねえ」

中島は壁にもたれた。ポケットからくしゃくしゃのタバコを取り出し、指で伸ばして咥《くわ》える。

「禁煙だぞ」

「葉っぱやシャブじゃねえんだから、このくらい許してもらわねえと、ストレスのやり場がありませんや」

火をつけて煙を吸い込み、顔を上げて紫煙を吐き出す。ビルの谷間に煙が舞い上がり、ふわっと消える。

「で、何が訊きてえんです?」

中島が神原に目を向ける。

「ダンナが俺を訪ねてくる時は、何か訊きてえ時だ。知ってることなら、なんでも教えますぜ。あんたには恩があるんでね」

そう言い、もう一服して煙を吐く。

中島とは、神原が組対部にいた頃からの付き合いだ。

付き合いといっても、当初は親しくしていたわけではなく、警察と暴力団という関係で、お互いを知っていたという程度ではある。

再会したのは、中島が出所した後だ。

捜査で新宿をうろついていた神原は、中島を見つけた。

その時、中島は、自分を刺した組員がいる暴力団の事務所に押し入ろうとしていた。

組はなくなっても、自分が受けた屈辱だけは晴らしたかった。それで死ぬのも本望だった。

中島は包丁を握って、単身、事務所に攻め入った。

目に映る人間を手あたり次第切りつけた。

初めは、詰めていた組員たちも急襲にあわてふためき、逃げ回った。

が、一人の組員が短刀を抜いて、中島を切りつけたところで形勢が逆転した。

落ち着きを取り戻した組員たちは、それぞれが武器を握り、中島に襲いかかってきた。

中島は包丁を振り回し、応戦したものの、多勢に無勢。モップの柄で包丁を叩き落とされると、たちまち囲まれ、刺され、切りつけられ、殴られた。

以前の中島なら、全員を叩きのめしていただろうが、右脚が不自由になった中島に力は残っていなかった。

床に転がり、踏みつけられ、このまま死ぬのだろう……と思っていた時、事務所に神原が飛び込んできた。

神原は、中島を囲んでいた組員たちを次々と殴り倒した。そして、倒れていた中島の脇下に肩を通して立たせ、天井に向けて、発砲した。

組員たちが怯んだ隙に、中島を事務所から連れ出した。

神原はすぐ所轄署に連絡を入れ、応援と救急車を要請した。

まもなく、近くの交番と所轄署から制服警官が駆け付け、組事務所に突入し、武器を所持した組員たちを検挙した。

中島は救急車に乗せられ、近隣の病院へ運ばれ、一命を取り留めた。

退院後、中島は銃刀法違反や傷害の罪で再び服役することとなった。

かたや、中島が襲った暴力団も、組員の武器所持、暴行、傷害に加え、組事務所から銃や覚せい剤まで見つかったことで、警察の手入れを受け、解散せざるを得ない事態に追い込まれた。

中島が組長の首を獲ることは叶わなかったが、結果として、組を潰すことができた。

中島は自分が成しえなかった無念を果たしてくれ、命まで救ってくれた神原に恩義を抱いていた。

「ちょっとこいつらを見てほしいんだがな」

スマートフォンを出し、愛子が撮影した画像を表示する。

初めはジージャンを着た若い男の写真を見せた。

「こいつ、知らないか？」

「うーん、見たことねえかなあ……」

中島が首を傾げる。早坂純のことは知らないようだった。

次にワイシャツ姿の男を見せてみる。

「こいつは？」

画面を向けると。中島は覗き込んだ。

「うーん……こいつも知らねえ顔だな」

「そうか」

神原はブルゾンの横ポケットにスマホをしまった。

中島が組を解散して長くなる。裏社会に精通しているものの、変化にはついていけていないのかもしれない。

「さっきのジージャンの男は早坂純という男なんだ。半グレ組織の幹部だった男で、少年刑務所から出た後、行方が知れなかった」

「悪いがダンナ、俺は半グレのことはわからねえ――」

「こいつが成戸マンションに住んでる」

神原が言うと、中島が言葉を呑《の》んだ。

「成戸にいるってことは、構成員だよな？」

神原が訊く。

「そうでしょう。あそこはいまだに、ヤクザの巣ですからね。半グレの連中も、あそこには入れませんよ」

「今、あのマンションに住んでいるのは、どこの組の構成員だ？」

「そこまではわからねえけど、昔とそんなに変わらんですよ。売るにしたって、一般の連中は買わねえし、占有の部屋数で自分らの勢力を誇示しているような場所ですからね。中の具合は、マル暴の方が詳しいんじゃねえですか？」

「そうだな。戻って調べてみよう。もう一つ。おまえの耳に夕凪の動向が何か入ってないか？」

「上田さんのところですか。なんかありましたか？」

「上田会長は癌でもう長くないらしい。それで、新藤と小城が跡目を争っているそうなんだ」

「新藤と小城ですか。夕凪もしまいだな」

中島が失笑する。

「で、新藤派にいた石村が、小城派に付いたという話もあるんだが」

「石村？ あのチンピラですか？」

中島は鼻で笑う。

「しかも、最近、都内で頻発している強盗団を組織しているのも石村じゃないかという話もあるんだ」

「石村が強盗団ねえ。そんな度量があるとは思えませんがね。ただ、弱えくせに昔からハッタリは利くヤツだったんで、若いの集めて働かせてるってんなら、あり得ねえ話じゃないですね」

「ヤツがどっちに付いてるのかわかれば、ありがたいんだがな」

「調べてみますよ」

「いや、無理はせず、話が耳に入ったら、小さいことでもいいから連絡してくれ」

「……わかりました」

中島は少し顔をうつむけた。

「絶対に無茶はするな。で、そろそろ裏路地から出てこい。いくらでも相談に乗るぞ」

神原は中島の二の腕を叩いて、路地を出た。

中島は神原を見送り、強くうなずいた。

2

風間と愛子は、ルシアの入ったビルが見える場所で立ち話をしているカップルを装っていた。

風間はリバーシブルのジャケットを裏返して着て、愛子はショールを羽織り、眼鏡をかけている。

新宿三丁目のスタンディングバーにいる時とは別人の装いだった。

久保井たちがビルに入ると、二人を追ってきた男たちもそのままビルへ入った。立ち止まることなく入っていったところをみると、久保井たちを監視していた石村の仲間と考えるのが妥当だ。

笹本からは、ジージャンを着た男のプロフィールが送られてきていた。

「この早坂という男、半グレ上がりの準構成員といったところでしょうかね」

愛子がスマホを見ながら言う。

「もしくは、石村が飼っている半グレといったところだろう。岸辺も同じ類かもしれんな」

風間はビルに目を向けたまま答える。

「もう一人の男の素性はわかっていないようですね」

「ひょっとすると、一般人かもしれんな。久保井たちのように、何か弱みを握られて、手伝わされているだけかもしれない」

「だとすれば、条件次第ではこちらに協力してくれるかもしれないですね」

「だろうが、今は監視だけだな。他との擦り合わせが必要だ」

風間が言う。

逮捕特科はあくまでも各部署のサポートをするという位置づけ。逮捕案件以外、勝手に動くわけにはいかない。

「まあ、もう一人の扱いはあとでチーフに相談してみよう。出てきたぞ」

風間が言う。

愛子は風間の後ろに身を隠した。

「あれ？　カバン持ってますね」

愛子がつぶやく。

久保井と遠藤は、ルシアに持ち込んだはずのバッグを手にしていた。

「どういうことだ？」

様子を窺っていると、ビルの地下から車が出てきた。

愛子が風間の脇下からスマホで写真を撮る。

「運転手は身元がわからないワイシャツの男ですね」

撮った画像を見ながら言う。

と、風間はすぐにスマートフォンを出して、本部に連絡を入れた。

「風間です」

電話に出たのは大森だった。

――どうした？

「身元が判明していないワイシャツの男と久保井、遠藤が車で出かけます。早坂や石村の仲間と思われる者は同乗していません。どこかで検問をかけて、ワイシャツの男の免許証から身元を割り出したいのですが」

――わかった。君たちは尾行し、位置を笹本に送ってくれ。どこかで検問をかけよう。

大森が電話を切る。

「ナイスアイデアですね」

愛子が微笑む。

「車を手配してきます」

そう言うと、愛子はその場を離れた。

風間は愛子を見送り、久保井たちが乗った車に目を向けた。

3

久保井と遠藤を後部座席に乗せた車は、ゆっくりと動き始めた。

「どこへ行くんですか？」

遠藤が訊く。

「私も知らない」

男が答える。

「知らないって……」

久保井がぼやくと、男はバックミラー越しに二人を見やった。

「ナビに従って、現場に行くだけだ。君たちはそこで一部を換金して、戻ってくる。今日は一日、それの繰り返しだ」

男は時折カーナビに目を向け、指示通りに車を走らせる。

久保井は後ろからナビを覗き見た。

都道423号渋谷経堂《きょうどう》線を西へ向かっている。京王井の頭線や小田急線に沿って、経堂へ向かうルートだ。北沢や世田谷を通る。

西へ向かいながら、時々盗品を捌《さば》いていくんだろうか。

久保井は思い、遠藤の腕を肘でつついた。目でナビの方を指す。遠藤もナビの経路を見て、小さくうなずいた。

車は北沢川緑道を抜けたところで右折し、梅丘《うめがおか》通りに入った。西進し、茶沢《ちゃざわ》通りへ右折し、すぐ路地へ入っていく。

古びた三階建てビルの狭い駐車場に男は車を停めた。

「降りろ」

男が言う。

「ここですか?」

久保井が車窓からビルを見る。質屋らしき看板は見当たらない。

「二階の二〇二号室へ行けという指示だ。杉山」

遠藤が呼ばれた。

「なんです？」

センターから男の顔を見る。

男は助手席に置いてあった小さなアタッシェケースを取った。

「これに、宝石を半分か三分の一ほど詰めて、換金してこい」

「一人でですか？」

「そうだ。逃げたり、警察に通報したりするんじゃないぞ。佐藤がひどい目に遭う」

男が言う。

眉間に皺を寄せて、努めて低い声で言うが、迫力はない。

「わかりました」

遠藤はアタッシェケースを受け取り、バッグの中の宝石や時計を無造作に詰めた。

「丁寧に扱え。査定に響く」

「すみません」

遠藤はへこへこしながら、アタッシェケースを閉じた。

「換金したら、ここへ戻ってこい。すぐに出発するからな」

「わかりました」

遠藤は返事をし、車を降りた。

周りを見ながら、ビルの中へと入っていく。男はじっと遠藤の行動を監視していた。

「あの……」

久保井が声をかける。

「なんだ」

男は久保井の方を見ずに返事をした。

「お名前を伺っていないんですが」

久保井が言う。

「おまえたちに名乗る必要はない」

男がにべもなく言い切る。が、横顔に垣間見える目元は動揺したように震えていた。

「なんとお呼びすればよろしいですか？」

「スズキと呼べ。それでいいだろ」

苛立った口調で吐き捨てる。

「わかりました」

久保井はそれ以上、訊かなかった。

が、この男に付け入る隙があることだけは肌で感じた。

4

風間は、久保井たちを乗せた車が茶沢通りから路地を入ったところにあるビルの駐車場に停車したことを確認し、愛子が運転する車から降りた。

愛子は梅丘通りに戻って車を停め、待機した。

他の建物の陰から、久保井たちの車が停まったビルを見ていると、アタッシェケースを抱えた遠藤が、後部座席から出てきた。

きょろきょろしながら、ビルへ入っていく。

車を見ると、久保井と男は残っている。

風間は愛子に連絡を入れた。

「桃崎。遠藤がビル内へ入った。接触して、彼らの行き先を特定するので、大森部長にすぐ検問をかけられるよう、交通課の警察官を近くに待機させてもらいたい」

──わかりました。

愛子が電話を切る。

風間はスマホをポケットにしまい、一つ呼吸をして、建物の陰から出た。

腕時計に目を落としつつ、玄関へ近づいていく。

そして、そのままビルの中へスッと入った。

5

車の中からビルを見ていた男が、風間の姿を認めた。

「あれは誰だ?」

男がつぶやく。

久保井は目を向けた。すぐに風間だと視認する。

「誰でしょうね。ビル内の会社の社員か住人じゃないですか?」

久保井が答える。

風間の動きに、特段不審な点はない。ほとんどの者が、久保井と同じ判断をするだろう。

男の神経が過敏になっている様がわかる。

「おまえ、ちょっと見てこい」

「大丈夫ですよ」

「いいから、確認してこい！」

狭い車内で声を張る。

「わかりました」

久保井は車を降りた。

ビルへ駆けだす。玄関で少し周りを見回し、中へ入った。

一階のエントランスに風間がいた。郵便受けでビル内の企業や住人をチェックしている。

「風間」

久保井は小声で声をかけた。

風間が振り向く。久保井が駆け寄った。

「どうだ、そっちは？」

風間も小声で訊いた。

「今、俺と遠藤は、贓物の換金をさせられている。遠藤がアタッシェケースを持ってここへ入ったのを見たか？」

久保井に訊かれ、風間がうなずく。

「このビルの二〇二号室に質屋があるようだ」

久保井は郵便受けを見やった。ネームプレートは入っていない。

「本当に質屋か？」

「わからん。贓物を売買しているところかもしれん」

久保井が言う。

「おまえたち、これからどこへ行く？」

「梅丘通りを西進し、指定された質屋で持っている贓物をすべて換金し、石村の下へ戻ることになっている」

「梅丘通りだな。検問をかける」

「検問？　なぜだ？」

「運転している男の身元が判明しない。なので、検問をかけて、運転免許証を確認しようと思ってな。男の名前は？」

風間が訊いた。

「スズキと名乗ったが、偽名だ。確かに、あいつは名乗りたがらない。おそらく、石村の部下というよりは、強制的に手伝わされているヤツだろうな」

「検問をかけて、問題はないか？」

「そのくらいなら問題ないと思うが、確認できたらそのまま行かせてくれ。俺と遠藤は、もう一つ深いところに食い込めそうだから」

「わかった。そう上申しておく」

風間は首肯した。

「贓物の在《あ》り処《か》はわかったか？」

「今は、石村が経営している店舗のロッカールームや床下収納に隠しているものを取りに行かされているが、どう見積もっても少ない。他に隠し場所がありそうなんだが、そこまではつかめていない」

「そうか、それも伝えておこう。気をつけろよ」

風間が玄関へ向かおうとする。

「待て待て」

久保井が止めた。

「スズキがおまえのことを疑っている」

「僕を？　なんか、不審な点があったか？」

風間は目を丸くした。

「別に、おまえは普通だったよ。スズキがビビってんだ」

久保井が苦笑する。

「スズキは、裏にどっぷり浸かっている輩ではなさそうだ。こっちに取り込んでみるよ。

身元がわかったら、報告を入れておいてくれ」

久保井の言葉に、風間がうなずく。

「それと、そういうことだから、おまえはこの三階の——」

郵便受けのネームプレートを見る。

「株式会社ヤスムラの社員ということにしておいてくれ。俺たちの車がここを離れるまで、ビルから出るな。遠藤には接触しない方がいい。あとで俺から話しておくよ。二〇二号室も探るのはいいが泳がせるようにチーフに言っといてくれ」

「わかった。気をつけろよ」

風間がエレベーターホールへ行く。

それを見届け、久保井はビルを出た。待機している車に駆け戻っていく。素早く、後部座席に乗り込んだ。

「どうだった?」

男が訊いてきた。

「三階にヤスムラって会社があるんですけど、そこに入っていきました。手ぶらだったし、出てこないので、そこの社員じゃないかと思うんですけどね」

「間違いないか?」

「一応、妙な動きをしないか見てたんですけど、出てきてうろつき回るようなこともないし。間違いないと思います」

「そうか」

男は安堵したように深いため息をついた。

見ると、額にうっすらと脂汗が浮かんでいる。ハンドルを握っていたあたりも、汗で濡《ぬ》れていた。

「スズキさん、大丈夫ですか？　顔色悪いですよ」

「うるせえな！」

男が怒鳴った。

乱暴な口ぶりだった。先ほどまでのおどおどとした緊張ぶりとは少し雰囲気が違う。

シートの隙間から男の様子を見つめる。

男は時折、苛立ったように肘裏を掻いている。

シャブか……。

覚せい剤中毒者は、薬物作用が切れると共に気分が急変する。顔も蒼くなって落ち着きもなくなり、汗をかく。

腕を掻くのは、注射痕があるからということが多い。

まずいな……。

中毒者の気分が変容し始めた時、刺激すると、思わぬ行動に出ることがある。

「スズキさん、もう一回、さっきの男、見て来ましょうか？」

久保井はドアに手をかけた。

男が覚せい剤中毒だった場合、検問で刺激するのはまずい。風間に知らせなければと思った。

「必要ねえ。大丈夫だったんだろ？」

「そうですが、万が一もありますんで」

「必要ねえ！　じっとしてろ！　俺の言うことが聞けねえのか、こら！」

ますます口調が荒くなる。

中毒者であることは間違いなさそうだ。

なるほど、石村はこの男を薬物で取り込んだのだろう。薬物中毒者は、借金を抱えていることも多い。金と薬で取り込まれているようだ。

久保井が動けずにいると、遠藤がビルから出てきた。

アタッシェケースを抱え、車に走ってくる。

久保井はうつむいて、ため息をついた。

せめて、男を一人にする時間があれば、薬を持っているなら使用できたかもしれない。そうすれば、一時でも落ち着く。

だが、遠藤が戻ってきてしまっては、その時間もない。

このまま、出るしかなかった。

遠藤が車に乗り込んだ。

「換金できたか？」

「はい」

遠藤は答えたが、やはり、男の妙な雰囲気を感じ、久保井を見た。久保井はシートの陰に隠れ、肘裏に注射するそぶりを見せた。

遠藤の目つきが一瞬鋭くなる。

「行くぞ」

男は遠藤がドアを閉め終わらないうちにアクセルを踏んだ。

遠藤はあわててドアを閉めた。

アクセルを踏みすぎて、スピードが出る。男がブレーキを踏むと車は急に減速し、体が前のめりになって、シートに頭をぶつけそうになる。

傾いて、遠藤と久保井の体が重なり、近くなった時、遠藤がつぶやいた。

「ヤバいな」

「万が一の時は――」

久保井は遠藤と目を合わせ、うなずいた。

6

璃乃は町田に車を借り、結城が住むマンション近くの路肩に車を停めた。運転席から降り、車にもたれて、時折背伸びをして、左右をきょろきょろと見ている。

結城を待っていた。通りがかりに璃乃を見つければ、必ず声をかけてくるはずだ。

待つこと、三十分。結城のコンパクトカーが駐車場から出てきた。

璃乃はさらに背伸びをし、何かを探すふりをする。

結城のコンパクトカーが、璃乃が停めた車の後ろに付けて、停まった。

クラクションを短く鳴らし、運転席から顔を出す。

「こんにちは」

笑顔で声をかけてきた。

璃乃は気がついたふりをわざとして、結城の方を見やる。そしてすぐ、笑顔を向ける。

「あ、こないだの」

璃乃は路上に出て、結城の方に小走りで駆け寄った。

「どうしました?」

「友達の家に車で来てみたんだけど、駐車場がなくって、探しているうちにこのへんまで来てしまって」

「ああ、このあたりは、小さな駐車場はぽつぽつとありますけど、どこもすぐ埋まってしまいますからね。よければ、僕が管理している駐車場を紹介しましょうか？」

「あなたが管理？」

　璃乃が怪訝《けげん》そうな顔を覗かせる。

「ああ、すみません。僕は駐車場の管理会社に勤めているんですよ」

「そうだったんですか」

　璃乃が笑顔を見せる。

「近くに契約者しか停められない駐車場があるんですが、ちょうど一台分空いていましてね。よかったら、そこを使ってください」

「契約しなきゃいけないんですか？」

「いえ、臨時に停めるだけですから、契約する必要もありませんし、駐車場代も結構です」

結城が言う。

「そこまでしていただいては、申し訳ないです」

「いえいえ、これも何かの縁です。ついてきてください」

結城は言い、運転席の窓を閉じた。

璃乃は車に乗り込んだ。璃乃の車のエンジンがかかったことを確認すると、結城の車が横に並んだ。

運転席から右手を指さし、璃乃の前を走りだした。璃乃がついていく。

桜上水駅付近の道はとにかく狭い。対向車が来てもすれ違えないようなところもたくさんある。

結城は慣れた運転で、狭い道をすいすいと進む。璃乃も運転は下手ではないものの、丁字路などにあたると少々苦労した。

ぐねぐねと路地を十分ほど進むと、結城の車が広場に入っていった。璃乃も続く。

青空駐車場だった。整地されていない地面に、ロープで駐車枠が示されている。軽トラや軽自動車も停まっているが、多くは3ナンバーの外車だった。

ぎっしり埋まっているのかと思いきや、あちこち歯抜け状態だった。

結城が車を停めて、降りた。璃乃の車に近づいてきて、運転席の窓をノックした。璃乃が窓を開ける。

「奥の一番左端のスペースに停めてください」

結城が指差す。

璃乃はうなずき、車を動かした。指定された枠にバックで車を入れる。窓を閉じてエンジンを切り、車から降りた。結城に駆け寄る。

「駐車、お上手ですね」

結城が言う。

「たまたまです。スペースが広かったもので」

「いえ、こう言っては失礼ですが、女性の方は駐車が苦手な人が多くて、苦労するようです。なので、うちは大きめのスペースで区切っているんですよ」

「そうだったんですか。でも、このくらい広いと助かりますよね」

「まったくです。日本の駐車場は、旧車に合わせて区切られているところが多いので、現在の車事情には合わないところも多いですからね。あ、すみませんが、免許証を確認させていただけますか？」

結城が言った。

なるほど、これが目的だったか。璃乃は思った。

璃乃はバッグからパスケースを出し、免許証を取り出した。結城に差し出す。

「笹井美緒《ささいみお》さんとおっしゃるんですね」

「ええ。笹井です」

璃乃はにっこりと笑う。

免許証は捜査のために偽造したものだった。他にもいくつかの名前の免許証を持っている。基本、一度捜査で使った偽造免許証は廃棄するようにしている。

「写真撮らせていただいてもよろしいですか？」

「はい、どうぞ」

璃乃が言う。

結城はスマートフォンをポケットから出し、写真を撮った。

「ありがとうございます」

結城が免許証を返す。

「お車も撮らせていただいていいですか？　万が一、傷などつけてしまってはいけませんので」

「はい、お願いします」

璃乃は首を縦に振る。ポニーテールの髪の端が跳ねる。

結城は車に近づくと、車体を前横後ろと撮影した。が、その目的は何か、璃乃にはわかっている。

ナンバーから所有者を割り出すのが目的だろう。

「笹井さんのお車ですか？」

撮影しながら結城が訊く。

「いえ、小父《おじ》のです。小父といっても、生まれた頃からお世話になっている近所のおじさんなんですけど」

璃乃は笑った。

「そうですか」

結城が撮影を終えて、身を起こした。

スマホをポケットにしまい、その手で名刺入れを取り出す。

「日本パーク開発の結城と申します」

「あ、そういえば、お名前伺ってませんでしたね。なんだか、前から知ってる気がして」

璃乃は笑って、名刺を受け取った。

「聡さんとおっしゃるんですね。いい名前です」

「ありがとうございます。しばらく、ここを使っていただいてもかまいません。何かあれば、ご連絡ください」

「本当に、何から何までご親切に」

「いえいえ。お友達の家まで送っていきましょうか?」

「ぼちぼち歩いていきます。駐車場の位置もしっかり覚えておきたいので」

「そうですか。では、僕は仕事がありますので、お先に失礼します」

結城は会釈をして、自分の車に乗り込んだ。璃乃に右手を上げ、駐車場から出て行く。

璃乃は結城の車を見送り、出入口へ歩いて場所を確認するふりをしながら、駐車場の全景を写真に収めた。

7

スズキが運転する車が梅丘通りに出た。

車や人がひしめく通りを西進する。スズキは苛立っていたが、まだ暴走するまでには至っていなかった。

運転席の左後ろの席に座っている遠藤は、スズキの様子を注視していた。

もし、暴走を始めたら、すぐに止めなければならない。

スズキのこめかみから流れる脂汗は多くなり、顔色もますます蒼くなってきていた。

道路は渋滞していた。

「何やってんだ、この野郎！」

スズキがクラクションを鳴らす。あわてて、久保井が運転席の後ろから声をかけた。

「スズキさん、クラクション鳴らすと目立ちますよ！」

言うと、スズキはクラクションに置いていた手のひらを下ろし、何度も何度も握ったり開いたりした。

車の列は少しずつ少しずつ進む。

緩やかなカーブに差しかかったところで、渋滞の原因が見えてきた。

検問をしていた。風間が仕込んだ検問所だ。警察官がカラーコーンと表示灯で一車線を区切り、相互通行させている。

スズキの目が警察官に向いた。

「なんだ、ありゃ」

遠藤はスズキの横顔を見た。目が吊り上がっている。

「検問やってますね。事故かなんかですかね」

久保井が努めて落ち着いた声で言う。

スズキは周りをきょろきょろと見回した。抜け道を探しているようだ。右の狭い路地に目を向ける。

遠藤が気づき、声をかけた。

「スズキさん、あんま動かない方がいいですよ。あいつら、脇道に逸《そ》れた車とか見つけるの得意ですから」

「このまま行けってのか！」

怒鳴り声が車内に響く。

久保井がすぐ言葉を重ねた。

「なんのことないですよ。飲酒しているわけでもないですし。このまま涼しい顔をしてやり過ごした方が安全です。石村さんから預かった品もありますし」

石村の名を出すと、スズキは歯ぎしりしながらも衝動を抑えた。

徐々に検問が近づいてくる。スズキは尋常ではない汗をかいている。

普通の検問なら、間違いなく止められるだろう。しかし、本部からの連絡が届いているだろうから、免許証をチェックすれば素通りさせてくれるはずだ。

一台、また一台と動き、ゲートに久保井たちの車が停まった。制服警官が近づいてくる。

警官は運転席の窓を叩いた。

スズキが窓を開けた。

「お急ぎのところ、すみません。この近くでひき逃げ事故がありまして、一台ずつ調べさせてもらっています」

警官が言う。

スズキはハンドルを握り、顔を伏せていた。

スズキ越しに警察官が後部シートを見て、小さくうなずく。目が合った遠藤がかすかにうなずき返した。

他の警察官が回りながら、車体を確かめるふりをしていた。

「すみません。運転手さんの免許証を確認したいのですが」

「なぜだ！」

スズキが怒鳴った。

「一応、形式ですので、ご協力願えれば助かります」

警官は優しく声をかける。スズキは顔を上げない。

久保井がシート越しに囁く。

「スズキさん、素直に見せたほうがいいですよ」

それでもスズキは顔を上げない。ハンドルを握って、低く唸る。

「スズキさん」

久保井が再度声をかけた時だった。

スズキが震えだした。地鳴りのような声を発して、がばっと上体を起こした。

「どうしました！」

制服警官が窓から顔を入れようとする。

「ヤバい！」

久保井は警官の顔を平手で突き飛ばした。警官が顔を押さえて、後退する。

直後だった。

スズキがアクセルを踏み込んだ。スキール音が響き渡る。

遠藤が電動パーキングブレーキに手を伸ばした。が、届く前に車が急発進した。

久保井と遠藤の背中が後部シートに押し付けられる。

急発進した久保井たちの車は、前の車のリアバンパーを壊した。カラーコーンを弾き飛ばし、表示灯の支柱を破壊して、警官たちに突っ込んでいく。

警官たちはあわてて、避けた。

スズキは車の隙間を縫って、反対車線に出た。警官の指示で停まっていた対向車のフロントにぶつかる。

車は対向車を押しのけ、車線をまたいで直進し始めた。

「スズキさん！」

遠藤が声を上げる。

久保井が後ろからスズキをつかもうとするが、避けていた車にぶつかったり、左右に大きく振られたりして、つかめない。

遠藤もセンターコンソールの間から前席へ移ろうとするが、ままならなかった。

二人は後部シートに転び、重なった。

車はさらに加速した。背後からパトカーが追ってきた。

サイレンを鳴らして赤色灯を回し、スピーカーで暴走車への注意をがなりたてる。

スーパーの前を通りかかる。腰の曲がった老女が、ショッピングキャリーを押しながら横断歩道を渡ろうとしている。

「危ない！」

久保井は車内で叫んだ。

そこに通りかかった男性が飛び出し、老女を抱え、反対側の路上に倒れ込んだ。

車がショッピングキャリーを撥《は》ね上げた。カートが破壊されて宙を舞い、買った物が散乱した。

スズキは前だけを見て、アクセルを踏んでいる。

「この先は環七だな」

遠藤が転がりながら言う。

「ああ、まずいな」

久保井は身を起こそうともがく。

梅丘通りをこのまま西進すると、東京都道318号環状七号線、通称環七と呼ばれる道路に出る。東京都の重要な基幹道路であり、交通量も多い。

なんとかそこへ出るまでに停めたいが、スズキの運転は荒く、起き上がることさえままならない。

車がさらに速度を上げた。ぐいっと右カーブを曲がる。久保井の体が遠藤の体にかぶさった。

久保井の目に環七が映る。

「頭を！」

久保井は遠藤に言った。

遠藤は久保井を押しのけ、頭を抱えて丸くなった。久保井も同じように丸まる。

スズキは前方を見据えたまま、環七に突っ込んだ。

目の前に飛び出してきたワゴンの横っ腹にスズキの運転する車が突っ込んだ。ワゴンは跳ね上がって、宙で半回転した。

通りかかったコンパクトカーの天井に乗って弾み、中央分離帯を越え、反対側の車線に落ちる。

あちこちでブレーキ音が響く。スピンして停まった車に、後続の車が突っ込み、フロントがひしゃげる。

さらに後続の車が停まらず、事故を起こした車に乗り上げ、ダイブして中央分離帯を越える。

それが資材を積んだトラックの運転席を直撃する。トラックは左へ大きく振れ、バランスを失い、倒れた。

鉄パイプや足場の資材が道路にまき散らされる。飛んだ鉄パイプが、ミニバンの後部座席の窓を突き破り刺さった。

スズキの運転する車は、回転して中央分離帯にぶつかり、跳ね返って道路のど真ん中に停まった。

「逃げろ！」

遠藤が叫び、後部ドアを蹴破った。久保井も反対側のドアを押し開け、バッグをつかんで車から飛び出し転がる。

遠藤が外に出ると、目の前に車が迫った。

遠藤はとっさに地面に伏せた。通り過ぎた車が開きっぱなしの後部ドアを破壊する。飛んだドアが回転し、道路脇のビルの窓ガラスを砕いた。

久保井は運転席に回った。

「スズキさん！」

スズキは開いたエアバッグに顔をうずめていた。エアバッグは真っ赤に染まっている。

久保井はドアを開けた。スズキを引きずり出そうと手を伸ばす。

「危ない！」

遠藤の声が聞こえた。

軌道を失い、スピンしたトラックが車に迫っていた。

久保井は中央分離帯を飛び越え、伏せた。

トラックがスズキの車を押し潰した。給油口が開き、ガソリンが噴き出る。気化したガソリンに静電気の火花が引火した。

凄《すさ》まじい轟音《ごうおん》が響き、火柱が立ち上った。道路が揺れる。

環七の手前でパトカーを停めた警察官たちが次々と道路に出てきていた。

遠藤が中央分離帯を飛び越えてきた。

「久保井、大丈夫か！」

身を低くして声をかける。

「ああ、なんとか」

久保井は顔を起こした。

「ブツは？」

遠藤が自分のバッグを見せる。久保井は腹に敷いたバッグを引っ張り出した。

「逃げよう」

遠藤が言う。

久保井はうなずき、立ち上がった。

現場は事故車と傷ついた人々でごった返している。

二人は混乱に乗じて、現場から姿を消した。

8

中島《なかじま》は新宿大ガード下の歩道の壁にもたれ、周りを見回していた。

そこに、スーツを着崩した小太りの男が歩いてきた。茶色を差した眼鏡をかけ、金のネックレスとブレスレットを巻いている。金の指輪も左右の手に四つつけていた。

胸を張って肩を揺らし、今どきめずらしいエナメルの靴をカツンカツンと鳴らしながら、ストラップの付いたセカンドバッグを揺らし、肩で風を切って歩いていた。

すれ違う通行人は、真ん中を堂々と歩くその男を認めては避けていた。

男が中島の前を通りかかる。

「おう、片岡《かたおか》」

声をかける。

「あ？　誰だ？」

片岡と呼ばれた男は、眉間に皺を立てて中島の方を見た。

が、中島を認めるとすぐに愛想笑いを浮かべた。

「中島さん、お疲れさんです」

頭を下げ、小走りで駆け寄ってくる。

この小太り男は片岡実《みのる》という男で、元暴力団員だ。今は、個人貸しの金融業でちょこちょこと稼いでいる。

「忙しそうだな」

「コロナで資金繰りに困ってる店やら一般人やらがうじゃうじゃいますからね。こっちとしては書き入れ時ですわ」

ニヤリとすると、右前歯に差した金歯がギラリと輝いた。

「景気よさそうだな」

「まあ、そこそこ。新しい金主も現われて、余った金を回してくれるんで、手広く商売できてます」

「そいつはよかった。ちょっといいか？」

中島が言う。

「入り用ですか？　中島さんなら、特別に年利十パーセントでいいですよ」

片岡が下卑た笑みを浮かべる。

「金は足りてる。ちょっと聞きてえことがあるんだ」

「なんですか？」

「おまえ、成戸マンションの事情に詳しいだろ」

中島が訊く。

片岡の目が鋭く光る。ヤクザの話になると、本性が顔を出すようだった。

「早坂純って半グレ上がりの若え男、住んでねえか？」

「早坂……。いたようないねえような。写真はないんですか？」

「あいにく、持ち合わせてねえんだ」

「そうですか。名前だけじゃ、なんとも言えねえですね」

「そうか」

中島が息をつく。

「そいつがどうかしたんですか？」

片岡が訊く。

「夕凪の上田さん、癌で危ねえらしいな」

中島が切り出すと、片岡がまた両眼をギラッとさせた。

「で、跡目を新藤と小城が争っているそうじゃねえか。何か、聞こえてこねえか？」

「そういう噂は立ってますけどね。夕凪の話と早坂ってガキ、何か関係あるんですか？」

「石村が資金稼ぎに闇バイトで強盗やらせてるって話も耳にしてな。早坂ってのが石村の子分で、闇バイトの駒を管理してんじゃねえかって話もあるんだよ」

中島が話す。

早坂と石村の関係について、神原からそこまで詳しく聞いたわけではないが、多少かまさないと、情報は引き出せない。

「誰から聞いたんですか、そんな話」

「誰でもいいだろ」

「そいつ調べて、どうするつもりですか？」

片岡が訊ねる。

「石村がそんなうまい話で稼いでんなら、一枚嚙ませてもらいてえと思ってな」

中島も下卑た笑みを滲ませた。

片岡の顔が引きつる。そして、周囲を見回して体を寄せた。

「中島さん、ここだけの話ですけどね」

片岡は声を潜めた。

「石村には関わらねえ方がいい」

「どういうことだ？」

片岡を見やる。

「夕凪の跡目を新藤と小城が争ってるってのは本当です」

「石村はどっちに付いてんだ?」

「どっちにも付いてねえんですよ」

片岡がさらに声を潜めた。

「付いてねえだと?」

中島の眉間に皺が立つ。

「あいつ、新藤と小城をぶつけて、弱ったところを自分がかっさらおうとしてるってのが、もっぱらの噂です」

「しかし、それだと、新藤も小城も石村をぶち殺すだろうが」

「昔ならね。けど、夕凪の懐事情はずいぶん変わっちまいました。今は、石村がほとんどのアガリを稼いでいるみたいで、上田会長の治療費も石村が出してるって話です。その資金力に物を言わせて、新藤と小城についている組員を抱き込んでるらしいですね」

「あのボンクラに、そんな器量はねえだろ」

「ヤツは、腕っぷしはからっきしですけど、ここが回る」

片岡がこめかみあたりを人差し指でつつく。

「早坂ってのは知りませんけど、半グレ上がりなら、若いのを集めてるんじゃないですかね。意気のいい弾は何人揃えても多すぎるってことはないですから」

片岡は再びあたりを見回して、顔を起こした。

「とにかく、今、石村や夕凪会に関わるのはやめた方がいいですよ。巻き込まれると、厄介ごとを背負いかねないですから」

片岡は言って、去ろうとする。

「片岡。石村のヤサを知らねえか？」

「どうするつもりですか」

「どの程度の人物になったのか、会って確かめてえ」

「本気ですか？」

「興味本位だけどよ」

にやりとする。

片岡はため息をついた。セカンドバッグからメモを取り出し、さらさらと簡単な住所と店の名前を書き込む。

「ここにいますよ」

片岡が差し出した。

受け取って、メモを見る。

「渋谷？　あいつ今、渋谷を根城にしてんのか？」

「そうみたいですね」

「なんで、おまえが知ってんだ」

「俺も個人商店なんで、情報は仕入れとかなきゃ危ねえでしょ。裏社会の勢力図は、一瞬でコロリと変わっちまう。中島さんが経験したようにね」

片岡が言う。

中島は片岡を睨んだ。

「悪いことは言わねえです。ヤツには関わらない方がいい。俺らの時代は、とっくに終わっちまってますよ」

片岡は中島を見返して言うと、そそくさと人混みに消えていった。

中島は片岡を見送った。

片岡の何かに怯えているような、何かを伝えたいような雰囲気が多少気になる。

しかし、石村が新藤と小城を出し抜いて、夕凪会のトップに立とうとしているという話は、どうにも信じられない。

絶対に無茶はするな——。

神原の言葉が脳裏をよぎる。

そろそろ裏路地から出てこい。いくらでも相談に乗るぞ——。

神原に言われたことを思い出し、ふっと笑みをこぼす。

自分でも、新宿で生きていくのはそろそろ限界だと感じている。

日陰で生きていくのも正直疲れた。

ただ、受けた恩を返さないことには、大手を振って、お天道さんの下を歩けない。

「確かめるだけだ」

中島は自分に言い聞かせ、通りかかったタクシーを止めた。


片岡は、人混みの中から中島の様子を見ていた。

中島がタクシーに乗ったことを確認すると、スマートフォンを取り出した。

電話帳を表示し、通話ボタンをタップする。

ツーコールで、相手が出た。

「もしもし、片岡です。さっき、中島に石村さんのことを訊かれたんで、そっちの住所を教えときました。なんか、嗅ぎ回ってるみたいです。はい……はい。大丈夫です、妙な誰かには見られてません。あとは、そちらで」

タクシーのテールランプを見ながら話す。

「ああ、それと、貸出用の手持ちの現金が薄くなってきたんで、一本ほど融通してもらえませんかね。はい、そうですか。助かります。明日にでも受け取りに行きますんで」

片岡は電話を切った。

「だから、新しい金主ができたと言ったのに。鈍くなったもんだな、中島も」

一つ息をついて、中島の乗ったタクシーに背を向け、雑踏にまぎれていった。

第５章

1

逮捕特科の部屋に詰めていた神原は、遠藤と久保井の安否確認に追われていた。

笹本はずっと二人に連絡を取っている。事故現場近くにいた風間と愛子は、付近を捜索している。しかし、二人の行方は知れなかった。

火災車両からは、運転席にいた男の焼死体だけが発見されていた。遺体は一体。久保井たちが生きていることは間違いないと思うが、携帯電波が火災現場付近で途切れたままなので、少々気になっていた。

「笹本、まだ二人の行方はつかめんか？」

「はい。風間さんたちからの連絡もありませんし、携帯電波の追跡は相変わらずです」

「そうか……」

時計を見た。

事故の一報から二時間が経過している。

どうする……。

考えていると、デスクに置いていた神原のスマホが鳴った。画面を見る。公衆電話からだった。

すぐにつないだ。

「もしもし」

──チーフ、久保井です。

「おお、無事だったか」

神原は笹本を見て、うなずいた。笹本は安堵したような笑みを浮かべた。

「今、どこだ？」

──千歳烏山《ちとせからすやま》あたりです。スマホは車に落としてきたようで、人目を避けて移動していたもので、連絡までに時間がかかりました。すみません。

「遠藤は？」

──遠藤も無事です。二人ともちょっとケガはしていますが、病院に行くほどではありません。

「よかった。どうする、いったん戻ってくるか？」

神原が訊ねる。

――いえ、このままルシアに戻ろうと思います。事故が起こってもブツを持って戻れば、石村の信頼を得られるでしょう。そこからさらに深く潜れるかもしれませんから。

「そうか。無理はせず、危険を察知したら撤退しろ」

――了解です。

久保井の声は落ち着いている。神原の顔つきも少しやわらいだ。

――贓品を換金した場所は風間が知っています。調べてみてください。

「運転していた男の身元はわかったか？」

――いえ。最後までスズキと言い張って、そのまま事故に……。

「わかった。そっちは放っておいて、おまえたちはそのまま任務を遂行しろ」

――わかりました。では。

久保井が電話を切った。

「二人とも無事でしたか」

笹本が声をかけてきた。

「ああ、よかった。二人は石村の下に戻るそうだ。笹本、風間と桃崎、璃乃に、ここへ戻ってくるよう指示を出してくれ」

「撤収ですか？」

「いや、作戦変更だ。石村に特化して、ヤツを追い込む」

「承知しました」

笹本は首肯し、各人の端末にメッセージを一斉送信した。

そこに、部長の大森が入ってきた。

「神原。運転していた男の身元がわかったぞ」

「早かったですね」

神原が立ち上がった。

大森は笹本の脇に歩み寄った。神原も笹本の下に行く。

「笹本、１５０５２のファイルを表示してくれ」

大森がデスクに左手をついて言う。

笹本は署内のデータにアクセスし、当該ファイルを表示した。

「逮捕歴のある男ですか」

笹本が目を丸くした。

「シャブで逮捕歴ありか」

神原は笹本の左後ろからモニターを覗き込んだ。

富永徹《とみながとおる》、四十七歳無職の男だった。前職は中堅商社の総務部の社員だったが、業務上横領事件を起こして解雇された。

横領の理由は覚せい剤だった。

富永は総務でクレーム対応を担当していた。その業務の中で反社会的勢力と接点を持ち、覚せい剤の味を覚え、クスリを手に入れるために会社の金を盗んでいた。

覚せい剤事案については初犯で、入手ルートも素直に証言したため、執行猶予付きの判決が出されていた。

「なぜわかったんですか?」

神原が訊いた。

「手の一部が焼け残っていて、指紋が取れたので、照合してみたんだ。今、再確認のため、歯の治療痕も調べている」

大森が話す。

「事件を起こしたのが四十歳の時。この七年間の足取りはわかっていない」

大森はそう続けた。

「この間に、石村と接触して、仲間に引き入れられたということでしょうか」

笹本が画面を見ながら言う。

「覚せい剤絡みで誘い込んだのかもしれんな。薬物銃器対策課に何か情報はないんですか？」

神原が大森に訊ねる。

「富永に覚せい剤を売っていた者の氏名はわかっている」

大森は笹本の脇からキーボードを操作し、表示した。

小太りで前歯に金歯を差した男だった。

「片岡か」

神原がつぶやいた。

「チーフ、知っているんですか？」

笹本が肩越しに振り返り、神原を見上げる。

「ああ。元ヤクザで、一般人相手に高利で金を貸したり、シャブを売ったり、女を風呂に沈めたりして稼いでいたゲスな男だ」

神原は言うと、自席に戻り、椅子にかけたブルゾンを手に取った。

「どこへ行くんだ？」

大森が神原を見やる。

「片岡が活動している場所はだいたい把握しています。ちょっと話聞いてきます」

「無茶するなよ」

「話を聞くだけですよ」

神原は笑みを見せた。

「チーフ、風間さんたちはどうします？」

「帰ってきたら、俺が戻るまで待機させておいてくれ」

そう言い、神原は足早に部屋を出た。

2

「よく逃げ切ったな、おまえら。ブツ持って戻ってこい」

石村は通話を切り、テーブルにスマホを置いた。

黒服が歩み寄ってきた。

「杉山たちですか？」

「ああ。事故のどさくさに紛れて、なんとか逃げ果せたらしい。ブツも持っているそうだ」

「なかなかいい動きしますね」

「必死なんだろうよ。ブツを持って逃げりゃ、俺らに追われる。ブツがなくても俺らに追い込まれる。雑魚も使いようだな」

石村は下卑た笑みを滲ませた。

「戻ってきたら、どうするんですか？」

「使えるうちは使うつもりだが」

黒服を見上げる。

黒服は厳しい表情をしている。

「なんか、気になることでもあるのか？」

「焼死した富永は丸焦げになったと思うんですが、いずれ身元は明かされるでしょう。富永のシャブの線から辿られれば、いずれ、ここに行き着きます」

「そうか？」

「サツも闇バイトの摘発には本腰入れてますからね。あまり油断しない方がいい気もしますが」

黒服が言う。

石村は腕組みをした。

「とりあえず、ブツはすべて引き上げたほうがいいんじゃないですかね。その上で、富永につながる連中は処分したほうが安全といえば安全です」

「うーん……」

うつむいていた石村は腕を解いて、顔を上げた。

「そうだな。早坂に、ブツを集めてここへ戻ってこいと連絡しろ。それと、おまえは岸辺と早苗を――」

話していると、ドアが叩かれた。

二人は身を固めた。ドア口に鋭い目を向ける。

「杉山たちですかね？」

「いや、早すぎる」

「どうしますか？」

黒服が訊いた時、石村はふと片岡からの電話を思い出した。

「そうか。大丈夫だ。出てみろ。サツだったら、追い返せ」

「わかりました」

黒服は鋭い目でドアを睨み、歩み寄った。ロックを外して、ドアを押し開ける。

右頬に十字の傷がある大柄で猫背の男が立っていた。

「石村はいるか？」

「どちらさんでしょうか？」

黒服が男を見据える。

「中島と伝えりゃわかる。取り次げ」

中島は黒服を見返した。

黒服はしばし中島と睨み合っていた。が、奥から石村が出てきた。

「中島さんじゃねえですか」

石村が笑みを浮かべる。

「久しぶりだな、石村」

中島も笑みを返した。

「どうしてここへ？」

「片岡と話している時、おまえの話になってな。懐かしい名前が出てきたんで、片岡におまえのヤサを聞いて、来てみたんだ」

「そうですか。いや、うれしいですわ」

石村は笑顔を作り、黒服を見た。

「その人はかまわねえ。入れてやれ」

言うと、黒服は会釈をして体を開き、中島を中へ通した。すぐにドアを閉め、鍵をかける。

「おまえはさっき頼んだことをやってくれ」

「承知しました」

黒服は頭を下げ、厨房の奥へ引っ込んだ。

「中島さん、こちらへどうぞ」

石村が奥へ招く。

中島は黒服の背中を見つめ、言った。

「よく教育できてんじゃねえか。だが、見たことねえ顔だな」

「中島さんが現役の頃は、まだ素人だったヤツですからね」

「半グレか？」

「いえいえ、こっちの世界とは縁のなかったヤツです。たまたま知り合って、スカウトしたら、こっちに入ってきたんですよ」

「めずらしいヤツだな。今どき、カタギからヤクザになろうなんてのは」

「そうですね。でも、なかなかの切れ者ですから、いい戦力になってくれてますよ」

石村は中島をボックス席の奥へ座らせた。

「中島さん、いつもフォアローゼスでしたよね。今、持ってきますよ」

石村は座らず、厨房へ行こうとした。

「いや、酒はやめたんだ」

「酒豪の中島さんが?」

石村は足を止め、振り返った。

「昔の話だ。今はこの通りだからよ」

引きずり気味の右脚を叩いて笑う。

「チンピラにやられた時の後遺症ですか?」

「そんなもんだ。座らせてもらうぞ」

中島は奥のソファーに座り、右脚を少し伸ばして深くもたれた。

石村は向かいの席に座った。

「どうぞ」

タバコを一本差し出す。

「そいつもやめた。神経に響いちまうんでな」

「なんか、俺の知ってる中島さんじゃねえですね」

「おまえも俺の知ってる石村じゃねえな。ずいぶん貫禄出てんじゃねえか」

「そうでもないですよ」

石村はタバコを咥えて火をつけた。煙を真上に吐き出す。

「中島さんが脚引きずりながらも、相手の組にぶっこんだって話は、俺らの中では伝説になってますからね。ヤクザはやっぱ、そうじゃなきゃいけねえって」

「だから今、こんな形《なり》になってんじゃねえか」

くたびれたジャケットの襟をつまんで、自嘲気味に笑う。

「結局よお。いつの時代もここがねえと、損しちまうってことだ」

中島は人差し指で頭をつついた。

「今、何してんですか？」

石村が訊く。

「耳には入ってんだろ」

中島は睨んだ。

「ええ、まあ……」

石村が返事を濁す。

「おまえが聞いてる通りだ。素人相手にポン引きでぼったくって、しのいでる。だがそれも、半グレ連中が入ってきて、やりにくくなってる。時代が変わるのは止められねえが、このままくすぶってくたばるのもつまらねえと思ってな」

「いや、まったく。中島さんの言う通りですわ」

石村は話を合わせた。

「で、おまえのところに来てみたんだが。羽振りよさそうじゃねえか。何やってんだ?」

「たいしたことはしてねえですよ」

「シャブか?」

「まあ、そっちもあります」

石村はもごもごとごまかす。

とぼけるつもりか——。

中島は思い、切り出した。

「ちょっと小耳に挟んだんだが。おまえが半グレ使って、強盗団を作ってんじゃねえかって話だがよ。本当か?」

訊くと、石村の目尻がひくっと動いた。

中島はにやりとした。

「本当だったのか。すげえじゃねえか」

「いや、俺は――」

「隠すこたあねえだろ。どいつもこいつもしのぎに窮してる時に、一旗上げて稼いでるなんざ、たいしたもんだ。出入りと聞いてビビってた頃のおまえじゃねえな」

中島が声を立てて笑う。

石村は片眉を上げた。込み上げてくる苛立ちを抑えるように奥歯を噛む。

「どこ襲ってんだ？　金貸しか？　貴金属店か？」

中島は畳みかけた。

石村はうつむいた。太腿に置いた左手を握ったり開いたりする。

ボックス席の向こうから、黒服が中島を見据えていた。

石村の両肩が揺れた。

中島は左脚を少し踏ん張り、いつでも動けるよう、尻をかすかに浮かせた。右手の指を軽く曲げ、臨戦態勢を取る。

と、石村は笑いながら顔を起こした。

「かなわねえなあ、中島さんには」

ひとしきり笑って、中島を正視した。

「噂通りですよ。半グレ使って、強盗やらせてます。狙ったのは貴金属店。宝石が多いですね」

「どのくらい稼いだんだ?」

「まだ、換金が済んでねえんでハッキリとはわかりませんがね。ざっと五億といったところでしょうか」

「そりゃ、ずいぶん稼いだな」

中島が目を丸くする。

「いや、全然ですよ。目標は二十億だったんですが、素人の押し入りなんで、たいしたブツも取れず、失敗することも多くて」

「それでもこのご時世、五億のしのぎはたいしたもんだ。なあ、石村。俺にも一枚嚙ませてくれねえか?」

「強盗しますか?」

「バカやろう。俺にできると思うか?」

右脚を叩く。

「冗談ですよ。ぜひにと言いてえところですが、中島さんに任せられるような仕事がねえっちゃねえんですよ」

石村はやんわりと断わる。

中島は逃がさなかった。

「ブツの換金を手伝ってやろうか」

切り出すと、石村の顔からふっと笑みが消えた。

「俺が使ってた故買ルートはまだ生きているところが多い。まだ換金できてねえってことは、捌くのに手間取ってるってことだろ？」

中島はじっと石村を見つめた。

「相手にもよるが、俺なら残りのブツを一発で捌けるかもしれねえぞ」

そう言うと、石村の黒目が少し揺れた。

「中島さん、もし換金を頼んだとして、いくら欲しいんですか？」

「一割。五億なら五千万だな。それで俺も余生をのんびり過ごしてえ」

中島が身を起こす。

「それはできねえ相談ですわ」

石村が返す。

「悪くねえ条件だろう？」

「いや、割合の問題じゃなくてですね。今あるブツを捌くだけで退かれるのは困るんですわ。やってくれるなら、せめて三回は付き合ってもらわねえと。で、そのルートを俺に引き継がせてもらえるなら、考えてもいいですよ」

「えらい意気込みだな。あの噂は本当なのか？」

「噂とは？」

石村が訊き返す。

「おまえが小城と新藤を出し抜いて、夕凪のトップを獲ろうとしてるって話よ」

中島が言うと、石村の目つきが鋭くなった。ようやく、本来の顔を覗かせた。

しかし、すぐ笑みを作り直す。

「つまらねえ噂ですね。兄貴たちを差し置いて、そんなことは考えませんよ」

「そうかい。けど、上田会長はもう長くねえと聞いてる。おまえ、どっちに付くんだ？

新藤か。小城か」

「ずいぶん突っ込んできますねえ。一つ、訊かせてもらっていいですか？」

「なんだ？」

中島は再び、すぐ動けるよう、左脚を踏ん張った。

「あんたに俺を探らせてるのは誰なんだ？」

石村の眉が吊り上がった。

中島は立ち上がった。石村はテーブルを蹴った。テーブルの角が膝頭に当たる。中島が少し腰を落とした。

いつの間にか、黒服がボックス席まで来ていた。ススッと中へ入ってきて、中島の襟首をつかむ。

中島は左の裏拳を繰り出した。不意打ちに近い裏拳。中島が得意としている攻撃だった。

しかし、黒服は左手のひらで裏拳を受け止めた。そのまま拳を握りしめる。

細身に見えて、その握力は強烈だった。骨が軋《きし》み、自然に膝が落ちていく。

石村が足でテーブルを押した。上に載っていたボトルが倒れる。中島はソファーとテーブルの間に腹部を挟まれた。

倒れたボトルから、ウイスキーがドボドボとあふれた。

石村はテーブルに左脚を乗せ、片膝を立てて、ボトルを取った。

「中島。もう、てめえらみたいなジジイの時代は終わったんだ。でしゃばるジジイは、痛い目に遭うだけだぞ」

顔を近づけ、ボトルの口を中島の口に突っ込んだ。残っているウイスキーを流し込む。

中島はむせた。咳《せ》き込み、口からウイスキーを吐き出すが、半分以上は食道を流れ落ちていく。

「誰に頼まれたのか、吐くまで飲ませるぞ」

石村は空になったボトルを口から抜いた。

「押さえてろ」

黒服に言い、テーブルから足を下ろす。

中島が動こうとした。

瞬間、石村はボトルで頭を殴った。ビンが砕けた。中島の頭頂部が割れ、おびただしい血が溢《あふ》れ流れる。

石村は割れたボトルで中島の右肩を刺した。中島は顔をしかめて、その場に座り込んだ。

「飲ませてやるから、おとなしくしてろ」

肩を切り裂く。肉片が尖《とが》ったガラスの先に付き、ジャケットが血で染まった。

情けねえな……。

中島は痛みと回ってきた酔いを感じながら、逃げ出す隙を窺った。

3

笹本からのメッセージを受け取った璃乃は、駐車場に戻ってきた。

その間、友人宅へ行くふりをして、結城の高校大学時代の知人男性に会い、話を聞いていた。

結城は高校から大学の間で、百八十度の変貌《へんぼう》を遂げていた。

高校生の頃は、学校も休みがちで繁華街に入り浸り、怪しい連中と付き合っていたそうだ。学校へ来ても、授業を聞くわけでもなく、クラスメートとも一切関わらず、スマホばかりいじっていたという。

髪も金髪のツーブロックで、制服も着崩し、周囲を威嚇していたそうだ。

結城は高校二年の冬から、学校に来なくなった。知人はそこでもう結城と会うことはないだろうと思っていた。

しかし、同じ大学でばったりと出会った。

最初は同姓同名の男がいるとしか思っていなかったらしいが、よく見ると結城だったことがわかったという。

結城は黒髪のサラサラヘアーになっていて、いつもジャケットにパンツという爽やかな格好をしていて、フレンドというサークルを作って友達を集め、パーティーを開いたり、バーベキューを催したりしていたそうだ。

知人男性は、高校時代の結城の姿を知っていたため、あまり近寄らなかったそうだが、一度だけ、結城から接触してきたという。

その時、高校時代のことは話すなと凄まれたと語っていた。

今、璃乃は結城に疑いの目を持って接しているので、その話も納得できるが、何ら情報がなければ、爽やかなビジネスマンにしか映らないだろう。

高校の頃までのキャラクターを、大学生になって一変させるということは、ままあること。

大学は、それまでの狭いコミュニティーから解放される場でもある。大学入学は、鬱屈していた日常を変えるのに絶好のタイミングだ。

結城は、大学生となり、それまでのダークなイメージを変えたいと思ったのだろうか。

それとも、何かの目的で爽やかなキャラクターを演じることにしたのか。

いずれにしても、結城が石村たちの仕事に関わっているとすれば、彼の高校時代の仲間を調べてみてもいいのではないかと、知人男性の話を聞きながら思っていた。

さらに深く話を聞きたかったが、笹本からの連絡を受け、仕方なく戻ってきていた。

車に歩み寄り、スマートキーでロックを解除する。

乗り込もうとドアを開けた時、ふと駐車場に入ってくる男に気づき、目を向けた。

あれは——。

ジージャンを着て童顔に髭を生やした男。間違いない、早坂だった。

璃乃は素早く車に乗り込んだ。音が立たないようにドアを閉め、上体を沈めて、シートに身を隠した。

車のエンジンスイッチを押す。エンジンはかからず、電源だけが入る。ドライブレコーダーのモニターに全方位カメラの映像が映し出される。

璃乃は早坂の行動を見ていた。

早坂は入口近くにある3ナンバーの外車のトランクを開けていた。

あれが、早坂の車なのか……と思いながら見ていると、トランクからスポーツバッグを取り出し、バックドアを閉めた。

そして、隣の車に歩み寄り、ロックを解除し、バックドアを開けた。

「何してるの?」

思わず、疑問がこぼれる。

早坂はまたトランクからスポーツバッグを取り出し、バックドアを閉めた。今度は二つのバッグを抱え、反対側の車に歩み寄る。

あれはもしかして……。

久保井たちが持たされている盗品もスポーツバッグに詰められていた。

肩に担いだバッグは重そうだ。

璃乃はモニターを見ながら、本部に電話を入れた。二コールで、笹本が出た。

「もしもし、チーフは？」

――今、出ています。何かありましたか？

「今、結城の会社が管理する駐車場に早坂が姿を現わしたの。複数の車からスポーツバッグを取り出している。贓品かもしれない」

――わかりました。すぐ、チーフに連絡を取って、応援を――。

笹本が返事をしていた時だった。

璃乃はモニターを凝視した。早坂の姿が消えている。

「ちょっと待って」

璃乃がそろそろと顔を起こし、外を見ようとした時だった。

助手席のガラスが突然砕けた。

璃乃は頭を抱えて、丸まった。腕の隙間から窓の方を見る。

早坂が立っていた。手にバールのようなものを持っていて、ところかまわず振り回していた。

璃乃は運転席のドアを開け、外へ転がり出た。一回転して立ち上がる。と、いつの間にか、そこには三人の男がいた。

前蹴りが飛んでくる。いきなりで避けられない。腹に踵《かかと》が食い込み、璃乃は息を詰めた。

早坂は車のボンネットを叩いて壊した。ボンネットが跳ね上がり、衝撃で運転席と助手席のエアバッグが破裂した。

早坂はエンジンを叩き壊した。ホースが切れ、エアーが噴き出す。

璃乃はなんとか逃げ出そうと、車を背に男たちと対峙した。

そこに車が入ってきた。猛スピードで近づいてきて、横滑りし、砂利と砂を撥ね上げて停車する。

中から、結城が降りてきた。

「笹井さん」

「結城さん、助けてください！」

璃乃は結城に駆け寄った。

結城は男たちを見据えて、璃乃を守るようなふりをした。

が、璃乃が近づいてきた瞬間、懐から黒い塊を出した。

「笹井さん、困りますね。勝手に契約者の行動を盗み見てもらっては」

結城がちらりと右上に目を向けた。

璃乃は結城の視線が向いた方を見た。監視カメラがあった。早坂を見つけてからの行動はすべて見られていたようだ。

「私は何も――」

「言い訳は無用です。ここの監視カメラは、月面の模様まで映せる高性能の物です。あなたが車内で何をしていたのか、すべて把握しています。一緒に来てもらいましょうか」

結城が言う。

「行かないと言ったら？」

璃乃が言い終えた瞬間、結城は躊躇なく引き金を引いた。璃乃の足下に弾丸が食い込み、砂埃《すなぼこり》が上がる。

「次は太腿かな。けど、射撃の名手でもないんで、うっかり胸や腹に当たるかもしれませんよ」

煙たなびく銃口を璃乃に向ける。

璃乃が結城を見据えていると、突然、後頭部に衝撃を感じた。

後ろの誰かが硬い棒状のもので殴ったようだった。

璃乃は目を剝いて、そのままうつぶせに倒れた。

結城はスーツの横ポケットから結束バンドを二つ出し、璃乃の脇に投げた。

「女の手足を拘束して、俺の車に乗せろ。ブツも集めて、俺のトランクに。急げ」

命令すると、男たちは一斉に動き出した。三人の男が璃乃を抱えて、結城の車の後部座席に運び入れる。

早坂は駐車中の車を回って、次々とスポーツバッグを取り出す。

璃乃を乗せ終えた男たちが、スポーツバッグを車内へ運ぶ。

結城は運転席に乗り込んだ。

「三人は俺の車についてこい。渋谷に戻る。早坂」

「はい」

早坂が腰を曲げて、顔を近づける。

「岸辺と早苗を呼び出して、殺《や》ってこい」

そう言い、自分が手にしていた銃を早坂に渡す。

早坂は銃を握ると、両眼をぎらつかせて首肯した。

4

神原は新宿で片岡を捜していた。大ガードあたりをうろついていると、ビル陰に片岡の姿を認めた。若い男となにやらこそこそ話している。

ゆっくりと近づいていく。若い男が先に神原に目を向けた。体が開く。その手には一万円札が数枚握られていた。

「そいつから借りると、ケツの毛まで抜かれるぞ」

言うと、片岡が振り向いた。

「なんだ、こら!」

粋がって、神原を睨みつけたが、途端に眉尻が下がる。

「神原さんじゃねえですか」

若い男から少し離れて、笑みを作る。

と、若い男は金を握ったまま、路地から駆け出した。

「あ、待て!」

片岡が若い男を追いかけようとする。

神原は片岡の襟首を摑んだ。片岡がよろけて、神原の方に後退する。

「俺の金、持ち逃げしたんですよ!」

「儲けてるだろう。慈善事業だと思って、くれてやれ」

神原が手を離す。

片岡は乱れた上着を整え、神原を睨んだ。

「もう……仕事の邪魔しないでくださいよ」

「もう少し、まともな仕事をしろ」

神原は睨み返した。片岡の眼鏡の奥の黒目が揺れる。

「まあいい。ちょっと訊きたいことがあるんだがな」

「なんですか?」

「富永徹って男、知ってるだろう」

神原が訊く。

名前を聞いた瞬間、片岡は動揺したように顔を伏せた。

「おまえがシャブに漬けた男だ」

「待ってください！　俺はもう、シャブ売ったりはしてないですよ！」

片岡は必死に訴えた。

「わかってる。七年も前の話だ。富永は執行猶予付きの判決を受け、社会に戻った。その後の足取りがわかっていない。おまえ、何か知らないか?」

「知らないですよ」

「おまえの客だった男だ。知らないわけがないだろう」

「本当です。正直に話しますが、客の顔などいちいち覚えちゃいません。昔の客で捕まったヤツも大勢いますが、誰一人覚えてないし、その後のことも知りません。俺が売人を続けてりゃ、また関係したのかもしれませんが、そっちとはきっちり縁を切りましたんで」

「きっちりか。それはいいことだ」

話を進めようとすると、神原のスマホが鳴った。スマホを取り出す。

片岡が逃げようとする。神原は片岡の肩を摑んで止め、電話に出た。

「俺だ。ああ……なんだと」

神原の手に力が入る。片岡がびくっとした。

「電波は追えるか？　すぐ探知して、風間たちを向かわせてくれ。突入してもかまわん」

神原は電話を切って、スマホをポケットに入れた。

「なんか、忙しそうですね。俺はこのへんで」

片岡は手をそっと払い、立ち去ろうとした。

が、神原は片岡を壁に押しつけた。片岡は背中をしたたかに打ち、息を詰めた。

「石村はどこにいる？」

神原が片岡を睨む。

形相が変わったのを見て、片岡の双眸《そうぼう》が引きつった。

「あの……神原さん。どうかなさいましたか？」

片岡の顔に浮かぶ愛想笑いが引きつる。

「石村はルシアか？」

「あ、ええ……」

つい、答えてしまう。

「富永を石村と繋いだのはおまえか？」

グッと壁に押しつける。襟元が引っ張られて首が締まり、息が詰まる。

「おまえか！」

さらに神原の手に力が入る。

片岡は何度も何度も首を縦に振った。

「なぜ、ヤツに引き合わせた？」

「これ……これを」

片岡は神原の腕をタップした。

神原が手を離す。

片岡は首周りをさすりながら咳き込んで、二、三度深呼吸をした。少し落ち着いて、壁にもたれる。もう一度息をついて、神原を見やった。

「富永がパクられた後、俺もあいつの証言でパクられて、二年務めてきました。それで、組を抜けて、今の商売してるんですけど。あ、シャブ売りは本当にやめました。金貸し一本に絞って仕事始めたんですが、三年前ぐらいですか。ふらっと俺の前に富永が現われたんです。まあ、その時は見る影もなく痩せ細ってましてね。あちこちの炊き出しで糊口をしのいでる有様でした」

片岡が一つ置いて、また話を続けた。

「聞けば、執行猶予付きで出てきた後、薬物依存者の集まりに出てたみたいなんですが、中の連中とそりが合わずに抜け出して、それ以来、路上生活をしていたそうです。それで、俺を捜して見つけ、シャブをくれと言ってきたんですよ」

「で、シャブを売ったってわけか?」

神原が睨む。

「だから、言ったでしょう。俺はもう売人からは足を洗ったんですって。やってねえと答えると、売ってくれるヤツを知らねえかって食い下がるんで、その前にちゃんと働けと言ったんです。俺が言うのもなんですが、あまりにみじめで見てられなくてね。仕事がねえってんで、その時、石村さんが仕事を手伝うヤツを捜してるって話を思い出しましてね」

「なぜ、石村と接点があるんだ?」

「……ここだけの話ですよ。石村さん、俺の金主なんですよ」

「おまえの金貸し資金の出所か」

「そうです。ムショから出てきて、どうしようか困っている時に声をかけられて、金貸しを提案されました。組関係者と付き合うのは躊躇したんですが、他に仕事もなかったんでね。取り分は五分でいいと言うし」

「ヤツの原資はどこから出てるんだ？」

「そりゃあ、知りません。というか、聞いてません。どうせ、ろくな金じゃねえでしょうし、俺は資金を出してもらえばいいだけなんで。石村さんも、金貸しで回すことで、資金を洗いたかったんでしょう」

「そうか」

神原はスマホを出した。画面をタップし、耳に当てる。

「……ああ、部長。神原です。片岡を捕まえたんで、事情聴取してください。新宿大ガードのパチンコ店の裏です。すぐ、所轄の者でも手配してください」

それを聞いて、片岡が逃げ出そうとする。

神原は肩を摑んだ。

「至急、頼みます。うちのメンバーには全員、ルシアが入っているビルの前に集まるよう、指示してください。踏み込みます」

そう言い、電話を切った。

「神原さん！　なんで、俺がパクられるんですか！」

手を振りほどこうともがくが、神原は離さない。

「パクったわけじゃない。今の話を、うちの部長に話せ。そうしたら、解放してやる」

「本当ですか？」

「ああ。ただし、高利貸しはやめろ。それが条件だ」

神原は片岡を見据えた。

片岡はうなって、うつむいた。

「もうおまえ、足洗って五年は経っただろう。石村と関わってると、密接交際者となって、務めた分もこれまでの苦労も水の泡になる。そこは目をつむってやる。まともに働け」

話していると、近くにいた所轄の地域課の制服警官が神原を認め、駆け寄ってきた。

「神原さんですか？」

神原がうなずく。

「署からの指示を受けて来ました。こいつですか？」

制服警官が片岡を睨み、手錠を出そうとする。

「ああ、逮捕ではないんだ。事情を聴くだけなので、手錠はかけないでくれ」

「わかりました」

制服警官が手を戻す。

「本庁の逮捕特科の大森部長に身柄を引き渡してくれ」

「承知しました」

制服警官は言い、片岡の肩を叩く。

片岡は神原を恨めしそうに見て、黙って制服警官について路地を出た。

神原は大きく息をついた。

「さて、行くか」

目に力がこもった。

5

結城が仲間と共にルシアに来た。仲間の一人が手足を縛られた璃乃を抱えている。もう一人は、盗んだ貴金属が詰まったスポーツバッグを両脇に抱えていた。

中へ入り、結城が石村の座るボックスまで行き、頭を下げる。

「おー、ご苦労。ブツは？」

「全部回収してきました。ちょっとトラブルがありましたが」

「トラブル？」

石村が片眉を上げる。そして、仲間が女を抱えていることに気づいた。

「そいつは？」

「たぶん、サツです。おい、そのへんに転がしとけ」

結城が言うと、仲間は璃乃をソファーに投げた。璃乃が小さく呻く。

「駐車場で俺たちがスポーツバッグを回収している様子を見ながら、どこかに連絡を入れていました」

「バカ野郎！　なぜ、ここへ連れてきた！」

石村が目を剝く。

「放っておくわけにもいかないですし、殺すわけにもいかないですからね。だったら、聞くことを聞きだして、売っちまえばいいかなと思いまして。なかなかいいタマですよ」

結城が璃乃を一瞥《いちべつ》する。

少し話して、奥のボックス席で倒れている男に気がついた。

「あれは？」

結城が訊く。

「ああ、昔の知り合いだ。なんか知らねえが、仕事のことを探ってきやがった」

「サツがだいぶ迫ってるということですかね。そいつといい、この女といい」

結城は中島と璃乃を交互に見やる。

「ここも引き払った方がよさそうですね」

「新人が帰ってきたら、すぐに出るぞ」

「新人？」

「ああ。飲み屋で拾ったヤッらなんだが、なかなか使える連中でな。富永と換金させてたんだが、あいつが事故を起こして死んじまっただろ。だが、その現場からうまくブツを持って逃げだした」

「大丈夫ですか、そいつら？」

結城が顔を曇らせる。

「身分は確かめている。それに、岸辺と早苗を切るんだ。代わりがいる」

「だったら、うちで揃えますが」

結城が言う。

「こら、いつからてめえが仕切るようになったんだ？」

石村は下から睨み上げた。

「てめえ、俺を出し抜いて、夕凪の頭張ろうって気じゃねえだろうな」

「とんでもない！」

結城の顔が引きつる。

そこに、黒服が来た。

「石村さん。杉山たちが戻ってきました」

黒服の後ろから、遠藤と久保井が姿を見せた。二人とも傷を負っていて、息も絶え絶えだった。

「ご苦労だったな。ブツは？」

「持ってきました」

遠藤と久保井がスポーツバッグを叩き、石村の前のソファーに置く。

「こちらは？」

遠藤が訊く。

「結城だ。俺の仲間だから心配ねえ。結城、こいつらがさっき話していた連中だ。挨拶しろ」

石村が言う。

「杉山です」

「佐藤です」

遠藤と久保井がそれぞれ名乗り、頭を下げた。

「尾行されてないか?」

結城が訊く。

「はい、気をつけて、ルートも変えてここまで戻ってきました。怪しい感じはありませんでした」

「な、使えるだろ?」

石村がにやりとする。結城は怪訝そうな表情を少し覗かせたが、すぐ笑みを浮かべた。

「そうですね」

石村を怒らせないよう、同調する。

「ここを引き払う。杉山は奥の男を。佐藤はそこの女を抱えて連れてこい」

石村が命令する。

遠藤は中島の下に行った。口からは強烈な酒の匂いが漂う。頭から血を流し、ぐったりとして唇は紫色で、顔も蒼白い。急性アルコール中毒の可能性がある。

「石村さん。この人、死にかけててヤバいですよ」

「いいから、連れ出せ」

石村が言うと、遠藤は中島の体をなんとか抱え上げた。肩に乗せ、立ち上がる。

久保井はソファーに投げられていた女のところに行った。その顔を見て、思わず目を見開く。その様を結城が見逃さなかった。

「佐藤、その女、知ってるのか?」

「いえ。すごくきれいでスタイルもいいんで、モデルさんか女優さんかと思って」

「そいつはサツだ」

結城が言う。

久保井は驚いて見せた。

「マジですか……」

「目を覚まさないように気をつけて運べよ。かなり強いぞ、その女」

結城がにやりとする。

久保井は怯えた表情を見せつつ、璃乃を抱えようとした。が、重みに耐えかねて、一緒に床にこけた。

「何やってんだ、佐藤。杉山はしっかり抱えてるぞ」

石村が言う。

「すみません!」

久保井が体を起こす。その時、フロアに落ちていたガラス片をつかんだ。背後から璃乃を抱き上げる時、そのガラス片を璃乃の手のひらに押し当てた。璃乃がガラス片を握って、手のひらに隠す。

久保井は璃乃の腹を肩に乗せ、担ぎ上げた。

久保井の動きに気づき、中島を担いだ遠藤が前に出た。結城と石村たちの前に立ち、久保井たちの姿を隠す。

「こいつら、どこに運びますか?」

遠藤が訊く。

「結城、おまえの車に乗せろ。杉山と佐藤も連れて行け」

「ブツはどうするんです?」

結城が訊いた。

「こいつに運ばせる」

黒服を見る。黒服は静かに頷いた。

「おまえの会社のシステムを導入する造成中の立体駐車場予定地があるだろう」

「お台場再開発の場所ですか?」

「そうだ。そこへ連れていけ」

石村が言う。

「それは……」

結城が渋る。

結城は石村の仕事を手伝ってはいるが、今勤めている会社は石村とは一切関係がない。石村の仕事がうまく行き、夕凪会のトップに立てば、それを利用して独立しようと思っている。しかし、石村が失脚した時は、そのまま今の会社に居残ろうと思っていた。

いわば、今勤めているシステム管理会社は、結城にとっての保険だった。

できれば、石村に荒らされたくはない。

しかし――。

「連れて行けねえってのか？」

石村が睨む。

気が付くと、黒服がすすっと脇に来ていた。

結城にとって、石村はたいしたことないが、右腕としていつもそばにいるこの黒服が厄介だった。

名前は知らない。というか、石村も黒服も明かさない。謎にしておきたいのか、そういう空気を作っているのか、わからないが、とにかく不気味で仕方がない。

結城はこの店で何度か、逃げようとした闇バイトに応募してきた若者を石村が暴行する現場に出くわしたことがある。

石村はヤクザらしいというか、チンピラっぽいというか、恫喝して相手が怯えたところを追い込むといったやり方だった。

たいがいの者はそれで白旗を上げるのだが、中には逆らう者もいる。

そういう時に出てくるのが黒服だ。落ち着いてくださいと言いながら、相手をなだめ、厨房の奥へ連れ込む。

多少、呻き声が聞こえるものの、争うような怒鳴り声は聞こえない。そして、連れ込まれた者が店内へ戻ってくることはない。

奥で何をしていたのかもわからないが、黒服は裾一つ乱さず、トラブルを処理して戻ってくる。

結城は店へ来るたび、常に黒服を警戒していた。

「わかりました。しかし、造成地には今、整地をしている業者が出入りしてますので、その隣のまだ手付かずの空き地に連れて行きます。そこにプレハブ小屋があるんですが、そこなら他の者にはバレないでしょう。ただ、うちの土地ではないので長居はできませんが」

「かまわん。連れて行け」

「わかりました。そこの二人、ついてこい」

結城が遠藤と久保井を見る。二人は中島と璃乃を担ぎ、石村に一礼して、結城と共に店を出た。

「おまえらはブツを車に運べ」

石村が黒服に命じる。

黒服は首肯し、他の二人にスポーツバッグを持たせ、店を出て行く。

石村はカウンターに近づいてボトルをつかみ、グッと一口飲んだ。

「邪魔させねえぞ、サツ共……」

宙を睨み、手の甲で口元を拭うと、床にボトルを投げつけ、砕いた。

6

早坂は岸辺に連絡を取り、早苗と合流させ、西新宿のホテルのロビーに呼び出した。

早坂はロビーが一望できる中二階のソファーに座り、英字新聞を読むふりをしながら岸辺たちが来るのを待っていた。

岸辺が入ってきた。新聞を立て、顔全体を隠す。そして、新聞の脇から様子を覗いた。

岸辺はソファーに座り、身を沈めた。帽子を目深《まぶか》にかぶり、顔をうつむける。

早坂は、周りの客や入ってくる者たちを注視した。

すると、後から入ってきた男たちの何人かが、岸辺を囲うようにソファーに座った。入口に目を向けると、二人のスーツ姿の男が、入口を塞ぐように立っている。

やっぱりな……。

岸辺はマークされていると思っていた。なので、接触を避けていた。

身なりから見て、マル暴ではなさそうだ。生安か組対といったところか。

人数が多い。完全に警察は検挙態勢に入っている。

しょうがねえな……。

早坂は早苗が合流するのを待った。岸辺がロビーに来て、五分ほどして、バッグを抱えた早苗が足早にロビーへ来た。

顔を伏せながらも、時折目を上げ、岸辺の姿を捜す。

岸辺を認めた早苗は、対面のソファーに座った。一度だけ目を合わせて、他人のふりをする。

早坂は二人を見ながら、ポケットからハンズフリー通話ができるワイヤレスイヤホンを出した。片耳にかけ、音楽を聴くふりをしながらスマホを取り出し、岸辺に電話を入れる。

岸辺は自分のスマホが震え、少しびくっとして腰を浮かせた。周りを見て、電話に出る。

「もしもし、俺だ」

早坂が小声でしゃべる。

「そのまま聞け。おまえら、サツに囲まれている」

早坂が言うと、岸辺は顔を起こそうとした。

「バカ、ジッとしてろ」

早坂に言われ、あわてて身を沈める。

「ここの地下駐車場に車を停めてある。B—3にあるBMWで、ナンバーは888だ。鍵は車内にあって、ドアも開いている。おまえと早苗は、それに乗って逃げろ。行き先はナビに入れてあるから、乗ったらすぐ、ルート案内で確認しろ。合流場所まではサツを引き連れてきてもかまわねえ。そこで、サツと一戦交えて、おまえたちを助け出す。それで、俺とおまえらは高飛びする。わかったら、すぐに動け。金もパスポートも俺が持ってるから心配するな。じゃあ、合流場所で待っているぞ」

早坂は言い、電話を切った。

再び、新聞を立てて顔を隠し、耳につけたワイヤレスイヤホンをこっそり外す。

岸辺が早苗に目配せし、さっそく二人が動き出した。エレベーターホールに向かう。

警察であろう男たちがぞろぞろと二人を追っていく。

早坂はにやりとして新聞を畳み、ソファーの端に置き、席を立った。

7

エレベーターのドアが開くなり、岸辺は箱の中に駆け込んだ。そこに早苗も駆け込んでくる。

岸辺は閉ボタンを何度も押した。ドアが閉まる。すぐに地下駐車場のボタンを押した。

エレベーターが動き出す。

「どうしたの?」

早苗が訊く。

「早坂さんからだ。俺たちはサツに囲まれていたそうだ」

言うと、早苗の顔が強ばった。

「早坂さんが車を用意してくれている。それに乗って、合流場所に向かう」

「でも、警察が追ってくるんじゃないの？」

「かまわないそうだ。合流場所で一戦交えると言っている」

「大丈夫なの！」

早苗の声がひっくり返った。

「大丈夫も何もねえ。このままだと、俺らは捕まって終わりだ。高跳びの用意もしてくれているそうだ。今は、その言葉を信じるしかねえ」

岸辺は怒鳴り気味に言った。

空気が重くなる。

エレベーターが駐車場についた。ドアが開くと、岸辺が駆け出した。

早苗はエレベーターを降りて、立ち止まった。

逡巡した。

このまま岸辺や早坂たちについて行っても大丈夫なのか。警察と争っては、二度と日本へ戻れない。

今なら、ただ捕まるだけ。

石村たちが誰かを殺しているかどうかは知らない。彼らが闇バイトを使って詐欺行為や強盗を働いていたことは知っているが、自分が直接指示を出したりはしていない。ただ単に、彼らが盗んできたものを預かり、換金の手伝いをしていただけだ。今なら、まだ、軽い罪で終わるかもしれない。

岸辺が立ち止まって、振り返った。

「何やってんだ！　早く来い！」

岸辺の怒鳴り声が地下に響いた。

岸辺は恋人だ。それなりに頼りがいのあるところもあるが、正直、暴力もひどい。岸辺と海外に逃亡すれば、自分がどういう扱いを受けるか、目に見えてわかる。

「早く来い！」

岸辺は苛立って、目を吊り上げた。

早苗は少しずつ後ずさりをした。そして、エレベーターに駆け寄り、ボタンを押した。

「てめえ！　逃げる気か！」

岸辺がエレベーターに駆け寄ろうとする。

ドアが開いた。その時、スーツを着た男が出てきた。

岸辺は舌打ちをし、車に走った。スーツの男が早苗にぶつかる。

「あ、失礼」

男は言い、岸辺とは反対側に歩いていった。ただの駐車場利用客だったようだ。

早苗はエレベーターに乗り込もうとしたが、足を止めた。このまま上がれば、警察が待ち構えているかもしれない。

駐車場から歩いて出る方が、逃げられるかもしれない。

駐車場をうろついた。

岸辺が車に乗り込むのが見えた。ドアを閉め、エンジンをかける。

左の方を見ていた。ナビを操作しているようだった。岸辺の目はもう早苗に向いていなかった。

早苗は胸の内で、岸辺にさよならを告げた。

その時だった。

凄まじい爆発音とともに、地面が鳴動した。

早苗は息を呑み、その場にへたり込んだ。熱風が髪の毛をさらう。

車は吹き飛んでいた。炎を上げている。周りの車も爆風に押され、舞い上がった車が隣の車の天井に重なっている。

二度、三度と爆発が起こる。

早苗は耳を塞いで、地面に伏せた。駐車場全体にけたたましい警報音が鳴り響く。

その後、サイレンと共にアナウンスが響いた。

――火事です。火事です。消火剤を噴出します。危険ですので避難してください。

繰り返し警報音とアナウンスが流れ、シャッターの下りる音がし始めた。

二酸化炭素消火設備が作動したようだ。

早苗はバッグも取らず、エレベーターに駆け寄った。ボタンを何度も押すが、エレベーターが動く気配はない。

駐車場内を走った。とにかく、爆破現場からは離れなければいけない。

しかし、焦っていて、突然の爆破に腰も抜けているからか、足元がおぼつかず、転んで膝を強く打った。

それでも立ち上がろうとしたが、足首を捻挫し、膝が落ちる。

柱に手をついて立ち上がった早苗は、捻挫した足を引きずり、必死に離れようとした。

その時、また爆発が起こった。

通路を吹き抜けてきた爆風に背中を押され、そのまま地面にダイブした。顔面と前頭部をしたたかに打ちつける。

早苗は朦朧《もうろう》としながら、地面を掻きむしり、離れようとした。

死にたくない。死にたくない……。

地面を掻く早苗の爪が剝がれる。一瞬、痛みで目が開いた。が、そのままフロアに顔が落ちた。

耳に届く警報音や警告が次第に小さくなり、早苗の意識は途切れた。

第６章

1

　橋本は外出もせず、家に閉じこもり、毎日朝から晩までニュースを見ていた。

岸辺たちの仕事を手伝って、多少は貯金があるものの、ずっと寝ているわけにはいかない。が、出かけるのも怖い。

なんとなく、見張られている気がする。

このところ、岸辺からの連絡もない。岸辺たちがもし逮捕されているとしたら、自分のところにも捜査の手が伸びるだろう。

　その前に姿をくらます方がいいのかもしれないが、パスポートなど持っていないので外国には行けない。国内を逃げ回ったところで、やがて捕まる。

結果、閉じこもっている。部屋にこもりながら、岸辺たちが逮捕されたというニュースが流れてこないか確認している。

正直、このところの暮らしぶりはしんどい。いつも何かにビクビク怯えていて、寝ていてもちょっとした物音で目が覚めるので、疲れが取れない。

食事もネットスーパーで買い込んだカップ麵だけ。この頃は食傷気味で食べないこともある。おかげで、十キロ瘦せてしまった。

ぼんやりとニュースを見る。

西新宿の高級ホテルの地下駐車場で爆発事故があり、救急隊が駆け付け、騒然となっている映像が流れている。

不穏な映像を見ると、胸の奥がじくっと疼《うず》く。

チャンネルを替えようとリモコンを手に取った時だった。

ドアがノックされた。

尻が浮くほど驚いて、リモコンを落とした。

「橋本さん、お届け物です」

男の声がした。

橋本はドアを睨んだ。何かを頼んだ覚えはない。ドアに目を向けたまま、窓に近づく。

閉め切ったカーテンの隙間から外を覗く。

いつもと変わらないようにも映るが、通行人や路上駐車している車のすべてが怪しく見えてしまう。

「橋本さん、いませんか?」

男がまたノックをして、声をかける。

橋本は部屋の隅で、布団を体に巻いて小さくなり、ドアを見つめた。

足音が遠ざかっていく。階段を降りる音が聞こえる。そして、静かになった。

橋本はしばらくじっとしていたが、ホッと大きく息をつき、布団を置いた。

しかし、このままじっとしていれば、いつか警察がやってくる。ただ捕まるだけだ。

突然、焦燥感が湧き上がってきた。

橋本は不安に突き動かされ、バタバタと着替えを始めた。ジーンズを穿いてジャンパーを着込み、簡単な着替えと財布やスマホを小さなエコバッグに詰め込み、肩にかけた。

靴を履き、ドアを開ける。廊下を見るが、誰もいない。外に出ると、橋本は普通の外出を気取って、鍵をかけた。

不審者に見えないように、なるべく顔を動かさず、階段を降り、アパート前の道路に出る。

駅へ向かおうと足を向けた。と、目の前に二人の男が道を塞ぐように現われた。立ち止まって振り向く。後ろも三人の男に行く手を遮られていた。

ジーンズ姿で細身の男がガニ股で近づいてくる。

「橋本信雄だな」

男が後ろポケットに手を回した。

橋本は刃物が出てくると思い、顔を引きつらせた。持っていたバッグを振り、男に殴りかかる。

男は左腕を上げて防いだ。体がよろめく。その脇を走り去ろうとする。

男は足を出した。橋本の脛に引っ掛かる。橋本は豪快に地面にダイブした。

すぐさま、男が駆け寄ってきて、うつぶせになっている橋本の背中にまたがった。

「こらこら、テンパってんじゃねえ。警察だ」

男は身分証を橋本の顔の前に示した。堀川という名前だった。

「おまえが関わっていた貴金属店強盗事件について話を聞きたい」

「ぼ、僕は、強盗なんかしていません！」

「岸辺って男、知ってるか？」

堀川が言うと、橋本の顔が強ばった。

「おまえ、さっき地下駐車場の爆発ニュース見てただろ。あれは事故じゃねえ。岸辺の車が吹っ飛ばされたんだ」

堀川は話し、立ち上がった。橋本は仰向《あおむ》けになり、両手をついて片膝を立て、上体を起こした。

「おまえの容疑は固まっていない。任意同行を求めるが、どうする？」

橋本を見下ろす。

蒼い顔が白くなった。混乱しているのか、黒目が不規則に激しく動く。

「同行してくれないなら、俺たちはここで帰る。どこでも好きに行けばいい。おまえにはその権利がある。おまえの検死をしないことを祈ってるよ」

堀川は右手を上げた。捜査員たちがさっと散る。堀川も橋本に背を向けた。後ろポケットに身分証をしまい、そのまま手を突っ込んで歩き出す。

橋本はゆっくりと立ち上がった。転がったバッグに目を向ける。

今なら、本当に逃げられる。そろそろとバッグに近づき手を伸ばす。

その時、地下駐車場の爆発のニュース映像が脳裏をよぎった。

本当に岸辺が殺されたのか。もしそうなら、自分も……。

指先が震える。その震えはたちまち全身に広がる。膝が震えて立っていられなくなり、両膝からすとんと落ちた。

「……てください」

声を絞り出す。

「待ってください！」

堀川が立ち止まった。振り返り、橋本の下に戻ってくる。

「どうした？」

「行きます」

「どこへ？」

「警察署でしょ！　行きます！」

橋本はすがるような目で堀川を見上げた。

堀川は微笑んだ。

「賢明だ」

右手を伸ばす。

橋本は堀川の右手を握った。引っ張られて立ち上がる。

とたん、張り詰めていた緊張が解け、涙があふれた。

2

久保井たちは結城の車で、お台場の立体駐車場工事現場近くのプレハブ小屋に連れて行かれていた。

助手席には遠藤が座っている。助手席の後ろには久保井が、その隣の真ん中の席に璃乃、運転席の後ろには中島が座っていた。

璃乃はバックミラーで結城の様子を確かめながら、久保井から渡されたガラス片で両手首を拘束している結束バンドを切ろうとした。

久保井が気づき、手の甲で太腿を叩いて、止める。そして、人差し指を曲げ、第二関節で太腿に文字を書いた。

〝今は待て〟

二、三度、同じ言葉を書くと、璃乃はわかったと太腿を押し返してきた。

車が錆《さ》びた格子門の前で停まった。

「杉山、門を開けてこい」

結城が命ずる。

助手席にいた遠藤は車を降り、格子門に駆け寄った。鍵は壊れていた。レールも錆びていて、滑車もなかなか回らない。全体重をかけて何度か引っ張り、ようやく門をこじ開けた。

車が雑草の茂る敷地内へ入っていく。荒れた敷地の奥にプレハブ小屋があった。あまり使われていないのか、塗装は剝げ、ガラスは埃で曇っていた。

「中島と女を連れてこい」

結城は久保井に命じて車を降りる。プレハブ小屋に近づくと、軋むドアをつっかかりながら開けた。

「璃乃、どうする？　今なら、車を奪って逃げられる」

久保井が璃乃の耳元で訊いた。

「いえ、小屋に行きましょう。結城は銃を持っているし、今、私たちが逃げたら、結城も石村も姿を消すかもしれない。ここに集める方がいい」

「大丈夫か？」

「私は平気」

微笑み、中島を見やる。

「がんばってください。必ず、助けますから」

璃乃は中島に声をかけた。中島は少しだけ頭を起こしたが、すぐまたシートにもたれた。久保井はドアを開け、まずは璃乃を引きずり出した。車を降りて璃乃を抱え、小屋に運んでいく。

「どこに下ろしましょうか？」

久保井が訊く。

「適当に転がしてろ」

結城が言う。

久保井は璃乃を部屋の奥に運んだ。璃乃の手元が見えないよう、横向きに寝かせる。久保井は車に戻り、後部右のドアを開けた。中島の脇の下に両腕を通し、中島を抱き寄せる。

と、中島が耳元で囁いた。

「おまえら……サツか？」

久保井は中島を見た。

「サツなら、神原という刑事に伝えてほしい」

「神原？　俺たちの上司に神原という名前の者がいますが」

小声で返す。

「そうか。あんたら、ダンナの部下か。ちょうどよかった。俺を小屋へ連れて行くまでに聞いてくれ」

　中島が言う。

　久保井はうなずき、中島を車から出した。背中に負うと、中島がぐったりと久保井の肩に顔を預けた。

　小声で話し始める。

「石村は小城、新藤、どちらにも付いてねえ。どうやら二人をぶつけて、弱ったところを叩いて、夕凪を自分の手中に収めようと画策しているようだ。その資金調達のために闇バイトの強盗団を組織したようだな」

　中島は大きく息を継ぎ、また話す。

「俺が石村のヤサに行って話を出すとすぐ、この通り、やられた。俺に探りを入れさせたヤツを執拗に吐かせようとした。俺が石村の所へ行くことを誰かが連絡したということだ。そいつは、新宿の大ガードあたりで金貸しをしている片岡ってチンピラだ。ヤツはたぶん内情を知っている。捕まえて、吐かせろ。それと、石村は盗ませたブツを半分も捌けていない。あいつは故買ルートを持ってねえ。今なら、ブツも押収できるから、ヤツを押さえられる。ブツはあんたらも知ってる通り、ここへ持って来るつもりだ。この機会を逃せば、ヤツは逃げちまう。俺が騒ぐから、その間に結城のスマホを奪って──」

「中島さん、石村たちをここへ集結させて、一網打尽にします。中島さんは小屋に入って、横になってください。チーフの知り合いなら、ますます死なせるわけにはいかない」

「連絡はどうやって取るんだ？」

「それはオレらに任せて。中島さんは、今は回復することだけに専念してください」

話していると、結城が小屋の入口から顔を出した。

「佐藤！　何やってんだ！　さっさと連れてこい！」

怒鳴る。

久保井は中島を背負ったまま、中へ入った。中島は久保井の言うことを聞き、騒ぎを起こさなかった。

小屋の奥まで連れて行って、壁沿いに寝かせる。その時、璃乃に目配せをした。璃乃が黒目でうなずく。

結城は小屋の中を見て、スマホを出した。

「……もしもし、結城です。プレハブ小屋に中島と女を連れてきました。はい、来てもらっても大丈夫です」

結城が背中を向けて、話をしている。

璃乃はガラス片で両手首を拘束している結束バンドに切れ目を入れた。

久保井は立ち上がり、結城と璃乃の間に立って、視界を塞ぐ。璃乃は腕の結束バンドを引きちぎり、両足首の結束バンドもガラス片で切った。

「中島は半分死んでます。動けないでしょう。女も拘束しているので大丈夫です。はい、お待ちしています」

結城は電話を切って、振り返った。

瞬間、久保井が背後から迫り、首に腕を巻いた。喉を絞める。

結城は腰に手を入れた。銃を握る。

璃乃が立ち上がった。猛然と結城に駆け寄り、腰に伸ばした腕を前蹴りで弾き飛ばす。腕が後ろに回ると同時に、指に引っ掛かった銃がこぼれた。

璃乃は腰をひねり、左のボディーアッパーを結城の腹に叩き込んだ。結城が呻き、目を剝いた。

「てめえら……」

声を絞り出す。

久保井は上着の襟を握って、下にずらした。それで、手首を拘束する。結城が抵抗しようとする。

璃乃は銃を拾い、銃口を結城の口に突っ込んだ。結城の双眸が引きつる。

「動いたら、頭を吹き飛ばすよ」

撃鉄を起こす。

久保井はベルトを外して、結城の両足首に巻いて締め付けた。

璃乃が口から銃を抜く。久保井は結城を小屋の奥へ引きずり、壁際に転がした。結城は顔から落ちた。

「てめえら、こんなことして、ただで済むと思ってんのか？」

結城が顔を起こして睨む。

「おーおー、出た出た。悪人の決まり文句」

久保井が笑う。

「こんなことして、ただで済まないのは、あんたらのほうだよ」

璃乃が結城を睨みつける。

久保井は結城のスマホを取って、センサーボタンをタッチした。カメラを結城の顔に近づけ、起動する。

「顔認証はやめた方がいいぞ。奪われたら、すぐ起動されちまう」

久保井は言い、暗記していた神原の番号に電話をかける。

「……もしもし、久保井です。今、お台場の立体駐車場建設予定地脇の空き地のプレハブ小屋にいます。結城は拘束しました。石村たちもここに来ます。ブツも持って来るんで、一網打尽にしてしまいましょう。場所は、地図のＵＲＬを送りますんで」

久保井の話を聞き、結城が奥歯を噛んだ。

「てめえら、やっぱりサツだったか」

璃乃を睨み返す。

璃乃はしゃがんだ。

「あんたの勘はよかったみたいだけど、石村は鈍かったみたいね。もっとも、私らの方が一枚上だったって話だけどさ」

銃を手元で揺らしながら、見据える。

「中島さんもいますよ。だいぶやられてます。はい……わかりました。そうします」

久保井は言い、電話を切った。

「璃乃」

声をかけると、璃乃が立ち上がった。

「中島さんを病院へ連れていけだと」

「私が？」

「そう。オレと遠藤は石村に信用されてるからな。オレたちがここに残ったほうがいい」

「つまらないなあ……」

璃乃は不満げに頰を膨らませる。

「元気があったら、戻ってくりゃいい」

久保井が笑う。

「そうするわ」

璃乃は久保井に銃を渡し、中島の横に屈んで、肩を脇に通した。

「がんばって」

声をかけ、中島を立たせる。

「てめえら、絶対に許さねえからな」

結城が久保井と璃乃を交互に睨んだ。

璃乃はにっこりと微笑んだ。

「しつこい男は嫌われるぞ」

言うなり、顎先を蹴り上げた。結城の顔が跳ね上がり、そのまま気絶した。

「怖いねえ」

「あら、半殺しにしないだけ優しいでしょ？」

璃乃は肩を竦めて見せ、中島を連れて歩く。

中島は久保井の横で立ち止まった。

「さすが、ダンナの部下だけはあるな」

笑みを滲ませる。

「鍛えられてますから」

久保井は笑みを返した。

「しっかり、治してきてください」

「ありがとな」

中島は久保井の肩をポンと叩き、璃乃と共に表に出た。中島を後部座席に乗せ、璃乃は運転席に回った。

久保井が小屋の入口から顔を出す。

「頼んだぞ」

言うと、璃乃は首肯し、車を発進させた。

車を見送った遠藤が、久保井の下に駆け寄ってくる。

「チーフに連絡取れたのか？」

「ああ。ここで決着付けるぞ」

久保井は遠藤を見る。遠藤は強くうなずいた。

3

神原は久保井からの連絡を受け、現場へ急行した。石村たちが根城にしていた渋谷のビルは、組対部の協力を得て、そちらの捜査員に張らせていた。

璃乃が中島を警察病院へ連れていったという報告も入った。

中島は急性アルコール中毒の症状を示していて重体だが、なんとか治療は間に合い、一命を取り留めたようだった。

神原たちがお台場の空き地にあるプレハブ小屋に到着した時はまだ、石村たちは着いていなかった。

璃乃を除く、逮捕特科のメンバーが小屋に集合する。

「ご苦労」

神原は久保井と遠藤に声をかけた。壁際で伸《の》されている結城を一瞥する。

「状況は？」

久保井と遠藤を見た。遠藤が答える。

「もうすぐ、石村たちがここへ到着する予定です。ここへ来るのは、石村と右腕の黒服、早坂、他二人の部下だと思われます」

「五人か」

「確認できている人数だけです。五人以上と思って、対処したほうがいいと思います」

遠藤の話を聞いて、神原は笹本に顔を向けた。

「笹本、このあたりの状況はわかるか？」

「はい」

笹本は手に持ったタブレットで地図を表示した。衛星画像に切り替え、拡大する。

「全体で五千平米はありますね。空き地の周りは柵に囲まれただけで、見ての通り、雑草が生えているだけの場所です。まだ、用途が決まっていないのでしょうね。盛り土も重機も見当たりません」

「つまり、この小屋以外に建物はなく、周りはフラットな土地というわけだな」

「そういうことになります」

笹本がうなずく。

「周囲を固めるにしても、敷地が広すぎますね」

風間が言った。

「外から小屋を監視して、敵が来たところを急襲するしかないでしょうか」

愛子が言う。

神原は顔を横に振った。

「いや、これだけ広い敷地なら、急襲したところで逃げられる。隣の工事現場やお台場のモール地区に出られると厄介だ。ここで決着を付けたい」

「なら、ここで待ち伏せるしかないですね」

久保井が言う。

「久保井と遠藤は、小屋で結城を監視しながら石村を待て。他の者は草むらに潜んで、石村たちを狙う。久保井」

「はい」

「石村たちが到着したら、持っている銃を発砲しろ。それを合図に突入する」

「わかりました」

「風間、桃崎、笹本、行くぞ」

神原が言うと、三人は首肯し、小屋を出た。

「久保井、遠藤、もし石村たちがおまえたちを処分しようとした場合は、交戦してかまわん。離脱しろ」

神原の命令に、二人は首を縦に振った。

神原はうなずき返し、風間たちの後を追った。

4

石村たちが立体駐車場横の空き地に到着したのは、神原たちに遅れること十分だった。

一台のワゴンに、石村と黒服、他の仲間二人が乗っている。

後部座席に石村と黒服がいた。

ワゴンは一度、敷地の出入口をゆっくりと通り過ぎた。

「どうだ？」

石村は黒服に訊いた。

黒服はスモークガラスの奥から、敷地内に鋭い目を向けていた。

「ちょっと嫌な感じがしますね」

黒服がつぶやく。

「どこが気になる？」

石村が訊く。

「結城の車がありません。小屋の裏に隠しているのかもしれませんが、わざわざ隠す必要もないでしょう。杉山と佐藤の姿も見当たりませんし。しんとした気配もちょっと気になります」

「車は別の場所に置いて、小屋にこもってるんじゃないですか？」

助手席に座っていた男が言う。

「その可能性もあるが……」

黒服は躊躇していた。

石村が助手席の男に命じた。

「ちょっと見てこい」

助手席の男はうなずき、グローブボックスから銃を出した。

降りて、腹に差し、上着のボタンを留めて隠して、敷地へ入っていく。

周囲を警戒しながら、ゆっくりと小屋へ近づいていく。その様子を黒服と石村、運転席にいる男がじっと見つめていた。

すると、小屋のドアが開いた。顔を出したのは遠藤演ずる杉山だった。

見に行った男の姿を認め、周りを見て手招きをする。男は一瞬、銃に手を伸ばしたが、すぐに引っ込め、遠藤に駆け寄った。

遠藤も男に駆け寄る。二言、三言話す姿が見え、男が車の方を見て、大きく右腕を振った。来いという合図だった。

「大丈夫なようだな」

石村がホッと息をつく。

しかし、黒服は依然、険しい表情のままだった。

「おかしい。なぜ、結城が出てこないんですか？」

「結城は中で中島や女を見張ってるんだろう。おまえも心配性が過ぎるぞ」

「心配しすぎて困ることはありません。石村さん、降りましょう」

黒服が言う。

「降りるって、おまえ……どうすんだ？」

「道路脇に隠れて、様子を見るんです。おかしなことがあれば、すぐ逃げられる。俺たちはともかく、石村さんだけは逃げてもらわないと、何も始まりませんからね」

黒服は言い、シートを倒した。後ろの荷台に手を伸ばし、銃器を詰めたバッグを取った。

小屋からは反対側にあたるスライドドアを開ける。

「石村さん、早く」

「宝石はどうするんだ」

「何もなけりゃ、俺たちのもの。もし、何かがあれば、あきらめましょう」

「あきらめろって、正気か！　十億は下らねえ代物だぞ！」

石村が怒鳴る。

黒服は石村の襟首をつかんだ。引き寄せて、顔を近づける。

「だから、言ってんでしょうが！　あんたがパクられりゃ、何もかもしまいなんだって！　俺はあんたを担ぐためにこれまでがんばってきたんだよ！　上に立ちてえなら、ケチなこと言ってんじゃねえ！」

甲高い声だが迫力がある。石村の顔が引きつる。運転席の男も身を竦めていた。

黒服がここまで声を荒らげたことは、ただの一度もない。それだけに、怖さが増した。

「わかったよ。怒鳴るな」

石村は笑みを作り、黒服を押し離した。

黒服が先に降り、道路脇の雑木林に身を潜める。石村は渋々車を降りる。

「小屋まで行って来い。何もなけりゃ、クラクションを鳴らせ」

「わかりました」

石村が降りると、運転席の男はスライドドアを閉めた。

ゆっくりと切り返し、敷地の中へ入っていく。黒服と石村は身を潜め、車の行方を見ていた。

車に気づいて、遠藤と久保井が入口から出てきた。

遠藤が運転席に駆け寄り、何やら話す。久保井は後ろに回ってバックドアを開け、貴金属の入ったバッグを手に取り、小屋の中へ運んでいく。

「ほら、何もねえみてえじゃねえか」

石村が立ち上がろうとする。黒服はその頭を手で押さえた。

「やっぱ、ヘンですよ。結城が出てこねえし、見に行ったヤツも出てこねえ。出てきたのは杉山と佐藤だけです」

「そりゃ、あいつらが一番の下っ端だからよ。当たり前じゃねえか」

「石村さんはどうか知らないですが、俺は最初からあいつらを信用してねえんですよ」

「ブツを持って帰ってきたじゃねえか」

「石村さんならどうします？　事故が起こって混乱している中、貴金属の入ったバッグを持っていて、逃げられる状態にある。あいつら、金に困っていると言っていたでしょ。なら、普通、逃げて行方をくらますんじゃねえですかね」

「俺が怖かったんだろ？」

「怖いったって、逃げているうちに石村さんが捕まっちまえば、逃げた者勝ちですよ。あいつらがその程度の計算ができねえとは思えない」

「何が言いてえんだ、てめえ」

石村は苛立った様子で黒服を睨んだ。

「サツじゃねえですかね、やっぱ」

黒服が言う。

「身元は調べただろう」

「そんなもの、サツならどうでもできます。サツじゃなくても、うちの内情を知ってる連中です。こっち側の人間じゃねえんで、パクられりゃ、ゲロしちまうでしょう」

「どうすんだ？」

「始末してしまいましょう」

黒服はバッグの中から、バズーカ砲の筒を取り出した。

「おいおい……」

石村の眉が下がる。

「石村さんは逃げてください。立体駐車場の建設現場を抜ければ、お台場のモールエリアに出ます。そこからタクシーでもなんでも使って、どこかへ」

黒服は言うと、石村に銃とバッグの底に詰めた札束を乱暴に差し出した。

「石村さんが行ったら、こいつをぶち込みます。で、俺も逃げるんで、どこかで落ち合いましょう」

「そこまでする必要は――」

「急いでくださいよ！　もし、連中がサツだったら、ここも囲まれますよ！」

黒服がサングラスの下から睨んだ。

石村は気圧《けお》され、札束をポケットにねじ込んだ。

銃を持って、立ち上がる。が、石村は動かず、銃口を黒服に向けた。

黒服は石村を見上げた。

「何の真似ですか？」

「てめえ、調子のいいこと言って、俺を出し抜こうとしてやがるな。もしくは、どっちかの兄貴に俺を追い出して、金だけ持ってこいと言われてんじゃねえのか？」

石村がスライドを引き、弾を装塡した。

「何言ってんですか？」

「杉山や佐藤より、俺は前からてめえが怪しいと思ってたんだよ。危ねえ危ねえ、騙されるとこだった」

「石村さん！　俺は――」

「裏を掻くのは、俺だけでいい」

石村は引き金を引いた。

黒服の頭部が弾けた。血肉が飛び散る。黒服の目がサングラスの下で見開いた。

「何を、バカな……」

黒服の上体が傾く。

石村は二発、三発と発砲した。サングラスが割れ、血が飛び散る。

黒服は目を見開いたまま、静かにその場に沈んだ。

「俺に指図するヤツはこうなるんだよ」

石村はバズーカをバッグに放り込んで抱え、茂みから出て、小屋へ向かった。

5

石村が小屋へ近づくと、遠藤が小屋から出てきた。

「お疲れさんです」

頭を下げ、小走りで駆け寄る。

「持ちますよ」

バッグの持ち手をつかむ。

石村は一瞬持ち手を握り、渡さないように力を込めた。

「どうしました？」

遠藤が石村を見やる。

「いや……。これはいい」

石村はバッグを離さなかった。

遠藤は石村を先導して、小屋へ歩いた。石村も続く。

「他の連中は？」

「小屋の中で待っています。大勢で迎えに出ると目立つかもしれないんで、俺一人で迎えに来ました。すみません」

「それはかまわん」

石村は周囲の気配を探るようにゆっくりと歩いた。

「女と中島は？」

「中で転がってます。もう抵抗もできないようで」

「だろうな」

小屋へ近づくにつれ、石村の目の動きが激しくなる。

車の脇まで来たところで、久保井がドアを開け、顔を出した。

「お疲れさんです。お待ちしてました」

声をかける。

遠藤が振り返って、中へ招こうとした。

と、石村は立ち止まった。

「どうかしましたか？」

遠藤が訊く。

「ちょっと車の中に忘れ物をした。先に入っといてくれ」

石村は助手席に回った。ドアを開いて、中に入る。シートに座って身を屈め、なにやら探す素振りを見せた。

久保井と遠藤が顔を合わせる。久保井は首を傾げ、それとなく周りの雑草の中に顔を向けた。

その時、車のエンジンがかかった。運転席の窓が下がる。そこから、筒が出てきた。

「遠藤！」

久保井が思わず声を上げた。

遠藤は振り向き、筒を確認すると小屋から離れた。久保井も小屋を出て、雑草の方へ走る。

火が噴き上がった。砲弾が小屋に激突し、爆発する。ガラスが砕け、トタンの屋根や壁が舞い上がる。バックブラストが助手席側のドアを吹き飛ばした。

遠藤と久保井は地面に伏せて、頭を抱えた。熱風が後頭部をさらい、瓦礫《がれき》が降り注ぐ。

車も爆風で左側に傾いたが、タイヤは地面に着地した。

車が動き出した。加速し、敷地の出口へ向かう。

藪《やぶ》に潜んでいた迷彩服姿の神原が立ち上がった。拳銃を構え、車に向けて連射する。

ボディーには当たるが、車は止まらない。風間と愛子も立ち上がって、車を左右から狙って撃った。

ガラスが砕ける。しかし、やはり走行は止められない。

「まずい、逃げられる！」

神原は車を追って走りながらマガジンを入れ替えた。右腕を伸ばし、タイヤを狙う。しかし、手元がぶれ、的が絞れない。

車は門を突き破った。横滑りしながら、道路に出る。

そのまま、工事現場とは反対方向に走っていく。

神原は立ち止まった。人の足で車は追えない。

「笹本！　車に戻れ！」

大声で言うと、笹本は敷地のかなり先に停めた車に走った。

と、石村が運転している車に突っ込んでいく車を認めた。運転席を見る。

「璃乃さん！」

笹本が声を上げる。

病院から戻ってきた璃乃が、暴走車を視認し、突っ込んできていた。

どちらも退かず、速度を上げていく。

璃乃はアクセルを目いっぱい踏み込んだ。左脚の先でマットをめくり、アクセルに乗せ、もう一度踏み込む。そして、運転席のドアを開けた。

石村の運転する車が目前に迫っていた。

璃乃は運転席から飛び出した。路上に転がる。すぐに伏せて、頭を抱えた。

石村はハンドルを切ったが、間に合わなかった。右に傾いた車のボディーに璃乃の車が突っ込んだ。

けたたましい音が轟き、璃乃の車のフロントが石村の車を撥ね上げた。

石村の車は宙で二回転し、地面に落ちてからも二回三回と転がって、柵と反対側の雑木林に突っ込んだ。

石村の車は木にぶつかって、逆さになって止まった。

璃乃がふらりと立ち上がる。新たな傷が額や腕にでき、血も出ているが、確かな足取りで車に歩み寄った。

石村は車外に放り出されていた。顔は血まみれで、右脚は折れているようだった。腕もあちこち打ちつけたようで内出血が無数にあり、紫色の痣になっている。

「た……助けてくれ……」

璃乃を見て、声を絞り出す。

「心配しないで。死にたいと言っても、死なせないから」

璃乃はにこりと笑って、折れた脚を踏みつけた。

石村の悲鳴は声にならなかった。額から脂汗がドッと噴き出し、血にまみれて流れ落ちる。唇は青紫色にくすみ、震えていた。

「二度と悪さできないように、いろんなところ壊してやろうか？」

璃乃は石村の体を蹴り始めた。

笹本が一番に駆け付けた。

「璃乃さん、何やってんですか！」

後ろから抱きとめ、引き剝がす。それでも璃乃は石村に足を伸ばす。

「璃乃、やめろ！」

駆けつけた神原が強い口調で制した。

璃乃はようやく落ち着いた。それでも、石村を睨みつける目は鋭い。

少々狂気じみた璃乃の眼光に、石村はすっかり怯えていた。

風間と愛子も駆けつけた。

「チーフ、久保井と遠藤は無事です」

風間が言う。

神原はうなずき、石村の脇にしゃがんだ。

「石村。黒服と早坂はどうした？」

じっと見つめる。

石村は目を逸らし、答えようとしない。

「おい、こら！　人が訊いてんだろうが！」

璃乃が怒鳴った。

石村はびくっとして、身を竦めた。

「全部しゃべれば、すぐにでも病院へ連れて行ってやる。吐くまではこのままだ。出血も多い。さっさとしゃべらないと死ぬぞ」

神原はさらにまっすぐ見つめた。

石村は大きく息をついた。観念したようだった。おもむろに口を開く。

「……黒服は殺した。そのへんに転がってる」

「仲間割れか？」

「サツじゃねえかと疑った。けど、ヤツはサツじゃなかったな。小屋が怪しいから俺に逃げろと言った。信じてりゃよかった」

力なく笑む。

「早坂は？」

「こっちに向かってると思うが、小屋が燃えてるの見りゃあ、逃げちまうだろうな」

石村はすらすらと話した。

逃げられないとなり、自分の身が大事になったのだろう。

神原は石村のポケットをまさぐった。スマートフォンを取り出す。

「起動しろ」

画面を差し出すと、石村は血と土で汚れた指で操作し、スマホのロックを解除した。

神原が連絡帳を開く。早坂という名前があった。表示し、石村に見せる。

「これが早坂の番号か？」

「……そうだ」

石村は目をこじ開けて番号を確認し、首を縦に振った。

「笹本、この番号を追跡しろ」

スマホを差し出す。

「了解」

笹本はスマホを取って、自分たちの車に走っていった。

「他に仲間は？」

「いるっちゃいるが、いないっちゃいねえ。俺が使っていたのは半グレかチンピラか貧乏人か、そんなとこだからよ。サツが嗅ぎ回ってる話はもう出回ってるだろうから、逃げてんじゃねえか？」

石村が余裕を見せようと笑った。が、その眼差しに力はない。

「風間、車を一台用意してこい。桃崎と璃乃は、久保井、遠藤と共に生存者の確認を」

神崎が指示をすると、三人は首肯し、その場を離れた。

「石村、なぜ小屋にバズーカを打ち込んだ？」

神原が訊いた。

「違和感だな。何がってわけじゃねえが、小屋に近づくにつれ、妙な感じが増した。けど、貴金属を持っていかれてるからよ。何もなけりゃ、逃すには惜しい金だ。だが、小屋前に来て、なんかヤバいと思った」

「で、全部ぶっ飛ばしてやろうという算段か？」

「吹き飛ばしてしまえば、証拠もクソもねえだろ」

石村はうそぶき、片笑みを滲ませた。

「おまえみたいなのについてきた連中は不幸だな。まあ、ヤクザらしいっちゃ、ヤクザらしいが」

神原は立ち上がり、石村を見下ろした。

「刑務所にぶち込んでやるから、自分がしてきたことを振り返って、人として反省しろ。一生かけてな」

話していると、風間がミニバンを借りて戻ってきた。

「石村と他の怪我人を病院へ運んでやれ」

「わかりました」

風間は言うと、車を停めて、璃乃たちの下へ走った。

そこに笹本が車で神原のところまで来た。

「早坂のスマホ電波を捕捉しました。青海《あおみ》埠頭で止まっています」

「ここをパスして、外国船に乗り込む気か。おい！」

神原は璃乃たちに声をかけた。璃乃が走ってくる。

「おまえたちはここを頼む。俺と笹本は早坂を逮捕しに行く」

「私も行こうか？」

「いや、早坂一人のようだから、俺と笹本で足りる。部長に連絡を入れて、ここと青海埠頭に応援要請を」

「わかった。気をつけて」

璃乃の言葉に、神原は笑みを覗かせ、笹本の車に乗り込んだ。

6

お台場の工事現場隣の空き地の近くまで来ていた早坂は、そこで爆発が起こったのを目撃した。

遠くに車を停めて、少し様子を見ていた。

すると、小屋近くにあった車が急発進した。それを複数の迷彩服の者たちが追い、車に向けて発砲している。

爆竹が弾けているような、タイヤがパンクしたような音が絶え間なく続く。

逃げているのが誰かはわからない。迷彩服の者たちが何者かも知る由はない。

ただ、まずい状況だということはひしひしと感じる。

迷彩服の者たちが警察であれ、敵対する組織の者であれ、石村に何か起こったのなら、自分も無事ではいられない。

逃げるしかない――。

金は、車に爆破装置を仕掛けるのにかかると話し、多くはないが石村から数千万はくすねていた。

早坂は迷わず、お台場の先にある青海埠頭へ向かった。外国船籍の貨物船に乗り込めば、海外へ逃亡できる。

船長や船員は金に困っている連中ばかりだ。百万も払えば、乗せてくれるだろう。

あてはないが、行くしかなかった。

埠頭に着いた早坂は、腰に拳銃を差し、金を上着やズボンのポケットに突っ込み、車を乗り捨てた。

貨物ターミナルを歩きながら、それらしい人間を探す。

闇雲に声をかけてはいけない。真面目な船員に声をかければ、そのまま警備員や警察に連絡される恐れもある。

コンテナに身を隠しつつ、慎重に相手を物色する。

東南アジア系の船員らしき男が通りかかった。一人だ。周囲を見回しながら、そろそろと近づいていく。

「すみません」

小声で呼びかけた。

男が立ち止まった。

「日本語、わかりますか？」

「少しだけ」

男が言う。

早坂は男をコンテナの陰に手招いた。男が怪訝そうな顔をしながらも近づいてくる。

早坂は男の腕をつかんで、コンテナの陰に引き込んだ。男は手を振り払い、早坂を睨んだ。

「ソーリーソーリー。あなたの船はどれですか？」

訊くと、男がコンテナの陰から少し顔を出す。

「ここからは見えないね」

「どこへ行く船ですか?」

「荷物を下ろしたら、インドネシアに戻る」

「いつですか?」

「あと三時間くらいで出る」

男の言葉に、早坂はにやりとした。

「あんたの船に乗せてくれないか?」

早坂が切り出した。

男は目を丸くして、両手のひらを上げた。

「ノーノー」

手のひらを横に振る。

「乗せてくれたら、これをやる」

ポケットから一万円札の束をつかみだす。数十万はある。

男の目がギラついた。

「インドネシアに着いたら、この倍の報酬を出す。どうだ?」

早坂が畳みかける。

男はじっと早坂を見つめた。札束にそろそろと手が伸びる。

「その金をつかんだら、逃亡幇助になるよ」

コンテナの右端から英語で声がかかった。

早坂と男が声のした方を見る。迷彩服を着た若い男が立っていた。銃を構え、銃口を早坂に向けている。

早坂は振り返って、反対側に逃げようとした。そこにも中年の男が立っていた。やはり迷彩服で、銃を向けていた。

「早坂、観念しろ。石村や他の仲間は全員押さえた」

「なんで、ここが……」

つぶやくと、若い男が答えた。

「スマホは便利だけど、電波で位置を特定できるんですよ。あなたの行動はすべて筒抜けでした」

そう言い、銃口を前に突き出す。

「ちくしょう……」

早坂は船員らしき男の首に腕を回した。背中をコンテナに当て、腰から銃を取る。銃口を男のこめかみに突き付けた。

船員らしき男は顔を引きつらせ、両手を小さく上げた。

「道を開けろ。こいつをぶち殺すぞ」

左右を睨む。

しかし、迷彩服の男たちは動揺しない。二人は親指で何かのスイッチを入れた。

赤い光がスッと走った。その先端がゆっくりと早坂の頭部に当たる。

中年の男が口を開いた。

「こいつは高性能のレーザーポインターだ。誤差0・01ミリで照準を合わせた対象を撃ち抜く。五秒やる。手に持った銃をその場に落として、彼を解放しなければ、躊躇なく、撃ち殺す」

そう言うと、カウントを始めた。

「五、四」

「やってみろや！」

早坂が怒鳴る。しかし、カウントは止まらない。

「三、二」

男たちの指が引き金にかかった。

「一――」

今にも引き金を引こうとした時、早坂は手から銃を離した。首に巻いた腕も解き、両手を上げる。

船員らしき男はその隙に逃げ出した。中年男の背後に走り、そのまま去っていく。

中年男が船員らしき男を見送るように、目線を早坂から外した。

その隙に早坂は銃を拾い上げようとした。

レーザーポイントがその銃に当たった。パスッと空気を裂く音が聞こえ、早坂の指が届く前に弾丸が銃を弾き飛ばした。

早坂は腰を落としたまま、固まった。

「だから言ったじゃないですか。この照準は外さないって」

若い男は言い、早坂の胸元に照準を合わせた。

早坂がゆっくりと体を起こす。レーザーポイントの赤い点が胸元についてきた。

中年男が近づいてきた。銃はホルダーにしまっている。ポケットから身分証を出した。

「警視庁逮捕特科の神原だ。銃刀法違反の現行犯で逮捕する」

神原が手錠のホルダーに手を伸ばす。

早坂は神原の銃に手を伸ばそうとした。

神原はその右腕を左手でつかんだ。後退して腕を引っ張り、早坂を崩す。

早坂が前のめりになった。

そこに左膝を突き上げた。早坂の顎に炸裂する。早坂の顔が半分くらいに縮んだ。歯が折れ、口から血がしぶく。

神原は腕を握ったまま手錠をホルダーから取り出し、早坂の手首にかけた。

早坂の腕を背後にねじり、左手首にも手錠をかけ、鎖と早坂のズボンの後ろを同時に握る。

ズボンの縫い目を尻に食い込ませるように引き上げると、うなだれていた早坂が立ち上がった。口からはぽたぽたと血が垂れ落ちていた。

それを見て、若い男が無線機を取り出した。

「こちら、逮捕特科の笹本です。早坂を確保しました。これより所轄署に立ち寄り、身柄を引き渡します」

本部の無線に連絡を入れた。

「逮捕特科ってのはなんなんだ……」

早坂が訊くともなく漏らす。

「おまえらみたいなろくでなしを逮捕するためにできた新しい組織だ」

「殺しもありなんかよ」

「逃亡犯を捕まえるのが俺たちの役目だ。だが、逃亡を阻止するために相手を殺してしまったとしても罪には問われない。死人になっても捕まえりゃ同じだからな」

「むちゃくちゃだな……」

「そう、むちゃくちゃだ。わかったら、二度と悪さはするな。シャバに出てきてまた悪さするようなら、俺たちがとことん追い詰めるからな」

神原は言い含め、早坂を歩かせた。

7

堀川は都内の病院に来ていた。上階の個室病棟へ近づく。病室前には目つきの悪いスーツの男が立っていた。

男は堀川の姿を見て、ドア前に立ちふさがった。堀川を睨む。病室脇のネームプレートには夕凪会会長上田の名が記されていた。

堀川は身分証を出した。

「四課の堀川だ。会長に話がある」

男を睨み上げる。

「さっさとどけ。公務執行妨害で引っ張るぞ」

堀川が言うと、男は渋々体を開いた。

スライドドアを開け、中へ入っていく。

ベッドには上田が寝かされていた。酸素吸入の管を鼻に刺し、点滴もしている。何度も針を刺したせいか、細った上田の前腕には紫色の痣が複数できていた。

部屋には、上田の世話をしている組員が二人いた。堀川を見て、眉根に皺を立てる。

上田が首を傾けた。

「堀川か。何の用だ」

上田がか細い声で言う。

「二人で話したい」

堀川は上田を見つめた。

上田は堀川を見つめ返し、組員に声をかけた。

「おまえら、ちょっと出てろ」

上田が言うと、組員二人は直立して一礼し、堀川を睨みつけ、病室を出た。

堀川はベッド脇にパイプ椅子を広げ、座った。

「だいぶ、良くねえみたいですね」

上田を見やる。

元気な頃の上田は少しふっくらとしていて、がっしりした体形の男だった。背は高くないが、どしりとしたその風格は、対峙する者を無言で震え上がらせるほどの迫力をまとっていた。

しかし、癌が発覚し、入退院を繰り返すうちにみるみる痩せていった。

今の上田に、かつての貫禄の影もない。

「極道も、癌細胞との喧嘩には勝てねえな」

上田は力なく笑んだ。

「石村の件か？」

上田が堀川を見やる。

堀川はうなずいた。

「石村が組織した強盗団は摘発されました。そこで稼いだ金の一部が組の資金源となり、会長の療養費にも使われている。小城と新藤は引っ張りますが、会長も使用者責任は間違いなく問われます」

「俺は何も指示を出してねえぞ」

「それでも問われるのが、改正暴対法の使用者責任です。被害者への賠償はもちろん、盗品への賠償も請求されるでしょうから、夕凪会はもたないでしょう」

堀川はずばり切り出した。

上田は深いため息を漏らした。

「極道は生きられねえ時代になっちまったなあ……」

「これまでの報いです」

「おまえら、官はそう簡単に言ってくれるが、俺たちの存在にも意味はあった。戦後はこの国を食い物にしようとする外国勢力から日本人を守った。豊かな時代は、はぐれ者たちの受け皿となって、裏の社会で秩序を作り、守らせた。必要悪なんて言うが、悪じゃねえ。必要なものだった。違うか？」

上田が堀川を見上げる。弱っているとはいえ、眼光は鋭い。

「戦後の動乱期から高度経済成長期までは、あるいはそうだったのかもしれません。しかし、時代は変わります。世の中も変わります。もう極道が大手を振って歩ける時代ではありませんよ。会長」

堀川はベッド脇に両手を置いて、身を乗り出した。

「夕凪の解散届を出してください」

「俺に幕引けってえのか」

上田が睨む。堀川は目を逸らさない。

「会長だから頼むんです。石村が強引な真似をしたのも、小城と新藤が会長の席に欲を出して争っているからです。会長が死ねば、泥沼になります。会長の目が黒いうちに、つまらねえ抗争の芽を摘んどいてもらえませんか。頼みます」

堀川は深々と頭を下げた。

「頭上げろ」

上田が言う。

「では――」

堀川が上田を見つめる。

「おまえらはさっさと解散しろと言うが、看板下ろすってのは、やすやす、はいそうですかと言えるような簡単なもんじゃねえんだ。少し考えさせてくれ」

「わかりました。しかし、長くは待てませんよ。うちはこの機に夕凪を潰しにかかりますから」

「潰すってのはやめてくれ。おまえらと喧嘩しなくちゃいけなくなる」

「失礼しました」

堀川は素直に詫びた。

「一つ訊かせろ。うちが看板を下ろした後、はぐれ者は誰が面倒見るんだ？」

「それは俺たちに任せといてください。更生させて、社会の役に立つ人間として送り出します」

「官は頼りにならねえ」

上田は失笑した。

「……が、こっちもどうしようもねえな。結論出したら、そっちに連絡入れる」

「お願いします」

堀川は立ち上がり、深々と頭を下げた。


一週間後、上田は夕凪会の解散届を出した。

そして、そのまた一週間後、眠るように息を引き取った。

エピローグ

神原と璃乃は、町田のジムにいた。

璃乃はフリーウエイトのラックの脇で、腕を組んで立っていた。

ベンチには、以前、璃乃にちょっかいを出して町田から出入り禁止を食らった三人の若者のうちの一人が仰向けに寝て、バーベルのバーを握っていた。

両側に四十キロのプレートを付けている。バーの重さと合わせれば百キロになっていた。

「ほら、もう一回！」

璃乃が声を張る。

若者は必死にバーを持ち上げようとした。が、腕がぷるぷると震えている。

「もう……ダメです」

「あきらめんな！　この一回がおまえの胸筋を育てるんだ！　上げろ！」

璃乃は若者を睨みつけて、怒鳴った。

バーの両脇には他の二人が立っている。

バーを上げていた男の腕が下がり、潰れる。他の男二人はとっさにバーの端を取ったが、重さに耐えられず、二人して腰を落として転がった。

「何やってんだ、補助者！」

璃乃は目の前に転がってきた若者の一人の太腿を蹴った。

蹴られた若者が顔をしかめる。

「そんなこと言ったって、重すぎて、俺らじゃ支えられないです」

「二人いりゃあ、一人はたかだか五十キロじゃないか！　なんで、それが支えられないんだ！」

そう言って、また若者を蹴る。

「もう、勘弁してくださいよ……」

若者三人は涙目で璃乃を見つめていた。

「てめえらが、私の指導を受けたいと言ったんだろうが！　泣き言言うんじゃねえ！　ほら、次！」

璃乃は怒鳴り、若者の尻を蹴り飛ばした。周りの常連客は、それを見て笑っていた。

町田と神原は事務室から様子を見ている。

「あいつら、出禁じゃなかったのか？」

「あの後、詫びに来てな。別に再入会するとは言ってねえんだが、よかったら来いと言ったら、三人そろって戻ってきたんだ。最初とは違って、けっこう真面目にトレーニングしてたよ」

「そうか。しかし、璃乃にトレーナーを頼んだのは大間違いだな。あいつら、あれだけやられてて、まだ璃乃の本性に気づかなかったのか」

「璃乃ちゃんは華があるからな。あいつらの気持ちもわからんでもない」

町田がさらに笑う。

「しかし、あまりこのスパルタと怒鳴り声が続くと、また会員減らすかもしれねえな」

神原がつぶやく。

「いやいや、璃乃ちゃんがあいつらをへこます姿は、女性会員にもウケがいいんだよ。ジムに来るような子は、強い女性に憧れてるからな。おかげで、女性会員が増えてる。逆に、ナンパ目的の男が減って、空気は良くなったよ」

町田が笑った。

「そういやあ、璃乃が借りたおまえの車、潰しちまってすまなかったな。賠償を申請したんだが、全額は無理だった」

神原が頭を下げる。

「いいってことよ。あまり車は乗らないしな。また気が向いたら、新車買うよ。それより、そっちは片づいたのか?」

「おかげさんでな。まだ、担当部署はいろいろと捜査しているようだが」

神原が答える。

石村は取り調べですべてを暴露した。上田が夕凪会の解散を宣言し、会長の椅子自体が消えたことで、自己保身に走ったのだろう。

石村は新藤の指示で資金を稼ぐため、初めは特殊詐欺の組織を結成した。新藤を跡目に担ぎ上げるためだ。

が、それを知った小城が、当初は邪魔をしてきて、うまくいかなかった。

そこで、石村は小城にも擦り寄り、二人の間を渡りながら資金力をつけ、若手の組員を抱き込み、一足飛びに跡目を取ることを狙った。

上田の治療費を出していたのもそのためだ。稼ぎの半分以上を上田の病院代に出していたことで、若手からは信頼され、上田の兄弟分たちからもかわいがられるようになった。

ただ、表向きは新藤を推しているふりを続け、裏では小城を立たせるように振る舞い、どちらからも攻められないようにして、力をつけていった。

そして、上田がもう半年ももたないと知った時、特殊詐欺チームを強盗団に変え、荒稼ぎしようとした。

石村にとって、ここが勝負どころだった。

大金を稼いで、若手を取り込み、上田からの言質を取り、さらに上田の兄弟分からの後見を得て、一気に下克上を果たすつもりだった。

だが、足がつかないよう、半グレや素人を使っていたことが仇となった。

連中は金と恐怖でつながっているだけだ。そこに野心もなければ、意欲もない。逃げる機会があれば、とっとと姿をくらましたい連中ばかりだった。

盗品の換金ルートを持っていないことも石村の弱みとなった。

換金を手伝わされていた橋本の証言から、盗品を買い取っていたルートを探ると、裏の故買ルートではなく、正規の故物商ばかりだった。

故物商協会の元理事が石村に抱き込まれ、複数の故物商を紹介し、リベートを得ていた。

もちろん、その人物も特定され、検挙されている。

これらの捜査はすべて組対二課と四課が着手していた。

神原たちは、事の顚末を捜査報告書で見たり、捜査員から聞かされていたりするだけだ。

逮捕特科の領分は、あくまでも逮捕するまでだった。

「ほら、おまえ！　もっと下ろせ！」

璃乃の怒鳴り声が聞こえる。

別の若者がベンチプレスをさせられていた。

呆れて笑っていると、神原のスマホが鳴った。

ディスプレイを見る。大森からだった。

「神原です。はい……はい。わかりました、すぐ行きます」

電話を切る。

「仕事か？」

町田が訊く。

「バカどもは休ませてくれない」

苦笑して立ち上がり、事務室を出る。

「璃乃、仕事だ」

「はい」

璃乃がタオルやドリンクの入った籠《かご》を手に取る。若者たちはホッとした様子で、脱力する。

璃乃は若者たちを睨んだ。

「今度会うまでに、百キロを五回上げられるように鍛えとけ！　上げられなかったら、搾《しぼ》り上げるぞ。わかったな！」

「はい！」

三人は直立して、璃乃に頭を下げた。

璃乃が事務室に駆け寄ってくる。

「兄さん、さっとシャワー浴びてくるから。町田さん、今日もなんだか怒鳴っちゃって、ごめんなさいね」

先ほどまでの鬼の形相が嘘のように、柔らかな笑顔を覗かせる。

「かまわんよ。もっと鍛えてやってくれ」

町田が言うと、璃乃は微笑んで更衣室へ向かった。

「いつも、あのくらい優しい雰囲気ならいいんだけどな」

神原は苦笑し、車のキーをポケットから出した。

この作品は二〇二三年三月号から二〇二四年二月号まで「読楽」に連載されたものに、加筆・修正したオリジナル文庫です。
なお、本作品はフィクションであり実在の個人・団体などとは一切関係がありません。

本書のコピー、スキャン、デジタル化等の無断複製は著作権法上での例外を除き禁じられています。本書を代行業者等の第三者に依頼してスキャンやデジタル化することは、たとえ個人や家庭内での利用であっても著作権法上一切認められておりません。

徳間文庫

警《け》視《い》庁《し》特務部逮捕特科

警《けい》視《し》庁《ちょう》特《とく》務《む》部《ぶ》逮《たい》捕《ほ》特《とっ》科《か》
アレストマン

© Shûsaku Yazuki　2024

2024年3月15日　初刷

著者　矢《や》月《づき》秀《しゅう》作《さく》
発行者　小宮英行
発行所　株式会社　徳間書店
東京都品川区上大崎三－一－一
目黒セントラルスクエア
〒141－8202
電話　編集〇三(五四〇三)四三四九
販売〇四九(二九三)五五二一
振替　〇〇一四〇－〇－四四三九二
印刷
製本　大日本印刷株式会社

ISBN978-4-19-894926-6　(乱丁、落丁本はお取りかえいたします)

徳間文庫の好評既刊

矢月秀作

フィードバック

　引きこもりの湊《みなと》大《たい》海《かい》は、ある日、口ばかり達者なトラブルメーカー・一色《いっしき》颯《そう》太《た》郎《ろう》と同居することになった。いやいやながら大海が駅へ颯太郎を迎えに行くと、彼はサラリーマンと口論の真っ最中。大勢の前で颯太郎に論破された男は、チンピラを雇い暴力による嫌がらせをしてきた。引きこもりの巨漢と口ばかり達者な青年が暴力に立ち向かう！　稀代《きたい》のハードアクション作家・矢月秀作の新境地。

徳間文庫の好評既刊

矢月秀作

紅い鷹

工藤雅彦《くどうまさひこ》は高校生に襲われていた。母親の治療費として準備した三百万円を狙った犯行だった。気を失った工藤は、翌日、報道で自分が高校生を殺したことになっていることを知る。匿《かくま》ってくれた小暮俊助《こぐれしゅんすけ》という謎の男は、工藤の罪を揉《も》み消す代わりにある提案をする。そのためには過酷なトレーニングにパスしろというのだが……。工藤の肉体に封印された殺し屋の遺伝子が、今、目覚める！

徳間文庫の好評既刊

矢月秀作

紅い塔

　工藤《くどう》は殺し屋組織の頭首となったものの、目立った活動はせずに平穏な日々を送っていた。ある日、工藤を認めない反乱分子が組織にいることが判明する。このままでは妻とお腹の子供が危うい。頭首として認めさせるべく工藤は組織が用意した巨大な塔へと向かった。方法はひとつ。塔の各フロアにいる反乱分子たちを軒並み殺すことだ——。暴力に暴力で抗う凄惨《せいさん》な死闘が始まる。

徳間文庫の好評既刊

矢月秀作

紅《あか》の掟

殺し屋組織を束ねる証《あかし》である拳銃「レッドホーク」を継承した工《く》藤《どう》雅《まさ》彦《ひこ》。だが、工藤は殺し屋を生《なり》業《わい》とするつもりはなく、内縁の妻である亜《あ》香《か》里《り》と共に静かな日々を送っていた。ある日、工藤のもとに組織の長老が殺されたとの連絡が入る。工藤はこれを機にレッドホークを返上しようとするが、いつしか抗争に巻き込まれてしまい……。ハードアクション界のトップランナーが描く暴力の連鎖！

徳間文庫の好評既刊

鈴峯紅也

警視庁公安J

書下し

幼少時に海外でテロに巻き込まれ傭兵部隊に拾われたことで、非常時における冷静さ残酷さ、常人離れした危機回避能力を得た小日向《こひなた》純《じゅん》也《や》。現在、彼は警視庁のキャリアとしての道を歩んでいた。ある日、純也との逢瀬の直後、木《き》内《うち》夕《ゆう》佳《か》が車ごと爆殺されてしまう。背後にちらつくのは新興宗教〈天敬会〉と女性斡旋業〈カフェ〉。真相を探ろうと奔走する純也だったが、事態は思わぬ方向へ……。